U0037390

혼자 만화영화 좀 보는 게 어때서?

我看動畫又如何？

那些動畫
教會我的事

趙軒株／著

馮燕珠／譯

笛藤出版

序言

人活著總是伴隨許多苦惱。不同時期，會面對未來出路、就業、職場生活等難題，從婚姻、步入家庭，到朋友、同事間的人際關係等煩惱。雖然有些問題只要用心就可以解決，但也有不少是努力也不一定能解決的苦惱，甚至會面臨根本就無能為力的狀況。複雜的事越多，就越是心煩意亂，每當這種時候，我就會暫時拋開那些苦惱，讓自己陷入故事的世界中，專心地看一集電視劇或一部電影，讓心靈得到安慰，有時還能得到解決問題的靈感。但有時我也不禁思考：「為什麼這些故事能牽動我的心呢？」

回想起來，我從小就經常和動畫一起度過。每個星期天早上，我都會看著小箱子裡的主角，跟他們一起哭、一起笑。看著《長腿叔叔》裡茱蒂憂慮的不是學校功課，而是人際關係時，就像看到我自己的學生時代一樣；《龍龍與忠狗》中的龍龍遭遇艱難仍堅強生活，讓我反省不知感恩的自己⋯⋯回想那些帶給我深厚影響的動畫主角們，我常有「如果他們也會長大，現在會過著怎樣的生活呢？」的想法。

　　就像好奇小學時轉學的朋友現況一樣，我也想起了那些陪我一起度過童年，一起哭、一起笑的動畫主角，於是我再次召喚他們。

「夢想不會逃跑，逃跑的永遠都是自己。」

　　《蠟筆小新》裡出現過這種台詞嗎？說到小新，第一印象就是調皮搗蛋，但現在看著動畫中的小新，我看到了以前沒發現的東西，爸爸廣志的疲憊、父母對孩子的愛、家人間緊密的連結、左鄰右舍間的情感……。雖然是同一部動畫，但在童年看到的和長大成人之後看到的完全不一樣，難道是因為我們代入自己成長的經歷，使得產生共鳴的範圍變大了嗎？原本焦點只放在主角身上，但現在綜觀角色的視野擴大了，對各個角色有了不同的理解，也產生共鳴，從故事中得到新的刺激、挑戰、安慰，於是我在不知不覺中，開始記錄那些讓我有感觸的台詞。記錄在電視劇或電影中看到的好句子成為我長久以來的習慣，就那樣一字一句寫下，在不知不覺間匯集成了一個繽紛的什錦禮盒。

長大成人之後，以為會變得比較聰明，但實際上仍不時失誤，就和小時候一樣。雖說人是群居動物，我們需要和其他人一起生活，但最重要的還是要了解自己、守護自己。別人口中的我怎麼樣不是最重要的，最重要的應該是我們怎麼看待自己。我們必須擁抱自己、包容自己，不管周圍的人怎麼說，我們要感謝自己所擁有的一切，把握當下，「把現在這瞬間當作是最好的時刻，盡情享受。」動漫裡的人物，對長大成人、不時感到鬱悶的我異口同聲地說。

　　希望這本書帶給那些如己所願成為大人，以及不想長大但仍以自己選擇面貌成長的人們一點小小的希望和安慰。

趙軒株

CHAPTER 2 　關於等待

◇ 失敗是成長

◇ 奇蹟是自己創造的

◇ 珍惜時間的意義

◇ 習慣的力量

◇ 成為大人這件事

◇ 人生本就是幻想

◇ 鮮明地描繪，一定會實現

◇ 完美的時機

◇ 比賽結束前都不算結束

◇ 回到初衷

永心｜海底兩萬哩｜甜甜仙子｜大力水手｜原子小金鋼｜海綿寶寶｜藍色小精靈｜灌籃高手｜名偵探柯南：偵探們的鎮魂歌

CHAPTER 3 　鍛鍊感情肌肉

◇ 召喚回憶

◇ 情緒，我自己選擇

◇ 肩負著悲傷而活

◇ 小小舉動帶來的效果

◇ 比起預知未來，更重要的是活在當下

◇ 超越悲傷和痛苦

◇ 面對不想面對的人時

◇ 追根究底一切都是愛

CHAPTER 4　　生活達人

CHAPTER 5　　酸甜苦澀的人生

◇超越愛情的責任
◇讓對方焦急的方法
◇獲得人心
◇所謂朋友
◇話語是想法的全部
◇關係也要瘦身
◇一起跳舞的魅力
◇該守護的東西

湯姆歷險記｜名偵探柯南｜小甜甜｜七龍珠｜海綿寶寶｜長腿
叔叔｜小青蛙｜蠟筆小新：風起雲湧　猛烈！大人帝國的反擊

CHAPTER 6　　人生不是作業是慶典

◇好孩子情結
◇不要失去信心
◇關於內心的真實性
◇先愛自己
◇我眼中的自己才是最重要的
◇唯一相信我的人
◇親眼目睹和觸摸世界的力量
◇只要活得年輕，什麼年紀都不嫌老
◇因為最好的正在來的路上
◇好的領袖領導世界

仙履奇緣｜小美人魚｜阿拉丁｜美女與野獸｜獅子王｜白雪公
主

命運並非早就決定好的
最肯定我、最愛我的人
不美好的回憶也是人生的一部分
毫不動搖的本質
承認極限的存在
傾聽微小的聲音
比認真生活更重要的事
尋找只屬於我的強項
祕訣就在心中
關於人生的先後順序

CHAPTER
1

活出自我

命運並非早就決定好的

《長腿叔叔》

　　我們在失去人生方向、沒有信心時，常會去找尋可以依靠的對象。面對模棱兩可、不確定的人生，希望有人可以說直接了當地說出：「就這樣做！」指引我們正確方向。但是人生真的可以像切蘿蔔一樣，一刀下去就乾淨俐落地得到正確答案嗎？

　　苦惱、徬徨的時間很辛苦也很珍貴，那些日子並非只是沒有用的浪費，而是一段必要的時期，讓我們從中明白，人生從一開始就沒有正確

答案。

　　有一段時間在韓國很流行算命咖啡館。當時我剛上大學，對於未來方向感到茫然。人不能只靠夢想生活，就算有夢想，也不知道是不是真的適合自己。就這樣不時煩惱，一方面又和朋友們吵吵鬧鬧地度過所謂的大學生活。人生沒有明確的前景，跟其他大學生沒有兩樣。

　　當年我和同學憑著大學新鮮人的名號，走訪首爾市內的大街小巷，有一天，我們來到據說很有名的算命咖啡館。

　　「請告訴我出生日期和時辰。」
　　「出生日期是六月十一日，時辰我不知道。」
　　「必須知道出生的時辰才能準確算出來。」

　　我立刻打電話問媽媽，但媽媽果然不記得我正確的出生時間。在當時極為重男輕女的年代，媽媽已經生了二個女兒，心裡很是期待第三胎是男的，結果沒想到生出的是我——早年無法事先得知是男是女，必須經歷一段等待——雖說迎接

新生命總是欣喜，但對這個結果還是難免有些失望，更遑論特別去記出生時間。聽說爸爸得知老三又是女兒，就轉身出去喝酒了，連太陽眼鏡一邊的鏡片脫落了都未查覺。

因為媽媽不記得我出生的確切時間，所以我連把命運託付給命盤的微小心願都無法達成。既然無法明確得知，那也就沒有必要知道了。其實想算命的念頭不少，我不是個意志很堅定的人，無法抵擋所有朝我襲來的風，常被風吹得左飄右搖，為自己的命運到底會飛向何方苦惱不已。

當時常與一個朋友互吐苦水。那個朋友總是對自己的人生感到不安，很喜歡去算命，只要聽說哪個老師很準就會去試試。算完會告訴我老師說了些什麼，其中一定會出現的話就是三十歲之前絕對不能結婚，不然一定會離婚而且會遭遇大麻煩。

但是朋友在二十多歲時就結婚了，婚後生了兩個孩子，過著幸福快樂的生活。不知道她現在還記不記得當時算命師說過的話？如果她當年把

那些當作是命運，堅信不移的話，現在又會變成什麼樣呢？

命運並非早就決定好的，我們可以跟隨自己的想法改變命運。依照自己的期望和想像，就此展開屬於我的人生。

我一直抱持著這種想法，不過度依賴別人意見，雖然會隨著吹來的風搖搖晃晃，但始終努力堅持著。要說從中領悟了什麼，那就是再大、再狂的風也會有停下來的時候。過程雖然辛苦且折磨，但那段時間終究會過去。所有的事也不只是發生而已，待日後某個時點，碎片都拼湊起來，就會知道那段艱辛的時間是必須的。後來有事情發生時，我開始改變看待事物的觀點。

> 把事情當作一次有趣的經驗，
> 痛快地接受試煉。
> 就像這句話一樣，
> 「不管頂著什麼樣的天空，
> 我都有勇氣面對命運。」

　　《長腿叔叔》裡的茱蒂似乎很早就懂得這個人生道理了。

　　現在不管遇到什麼事，我都當成一次有趣的經驗，從過程中尋找可以學習的地方。我知道一切都會過去，沒有必要讓自己一直沉溺其中，讓自己產生消極的想法，削弱自己的力量。透過事件從中學習，為日後面對更重大的事件做準備才是明智的做法。

　　當然，要建立這樣的想法並不容易。一開始或許很難，但是一旦習慣了這樣的生活態度，那就會成為我的命運。命運絕對不是一開始就由誰設定好的，我們要創造屬於自己的命運，活出閃耀的人生。

把事情當作一次有趣的經驗，
痛快地接受試煉。
就像這句話一樣，
「不管頂著什麼樣的天空，
我都有勇氣面對命運。」

第二個故事

最肯定我、最愛我的人

《銀河鐵道 999》

　　當人感覺自己的不足，因為無法滿足而無止盡地執著於某一件事，我們稱之為「自卑感」。只要是人，多少都會有些自卑。有人會把自己困在自卑感裡，有人卻能把那種不自信轉化成脫胎換骨的魅力，也可以說，人生的發展會根據如何看待自身缺陷、如何接受與處理而不同。是要執著於缺乏的地方，還是把那份缺失當成自己的一部分去接受它、愛它，都是自己選擇的結果罷了。

　　小時候我最不喜歡的是我的皮膚。因為膚色

偏黑所以覺得自己很土、很俗，沒有自信。有一天，一個朋友帶了藥，說只要塗抹在身上皮膚就會變得白皙。我當然不可能錯過這個機會，但是我努力塗抹得到的結果卻是紅腫。別說變白了，因為產生副作用，臉變得像紅蘿蔔一樣，連著好幾天都很痛苦。

就那樣度過了國中、高中，成為了大學生，應該要變得好看點的時期，我卻開始長青春痘。二十出頭、如花一般的年紀，我卻無法好好享受，鎮日只顧著跟痘痘決一死戰，自尊持續下滑，做什麼事都沒有自信，也因此我開始把焦點放在自己欠缺的東西上，羨慕別人的人生。現在想想當時真的很愚蠢。

我無法享受我所得到、擁有的東西，因為我只在意我沒有的，只看到自己不足的部分，更擴大延續到對整個人生的不滿。就這樣，我在不知不覺中成為一個充滿負能量的人。

直到有一天，《銀河鐵道 999》傳遞出的訊息「啪！」一聲將我打醒。雖然是很久以前播出

的動畫，但現在再看特別能引起共鳴。

《銀河鐵道 999》的主角星野鐵郎為了得到機械般永生不死之身而展開旅行，遇到了想變成人類的機器人克莉亞。鐵郎與克莉亞的身體和靈魂互相交換後，後悔的星野鐵郎在追擊奪去自己身體的克莉亞時，說了這樣的話：

「我雖然腿短又長得不好看，
但我喜歡我的身體，快點把我的身體還給我。
我的體內流著我爸爸、媽媽的血；
我的體內有我經歷過的事和回憶。
我喜歡那樣的身體！
快點把我的身體交出來！」

雖然鐵郎一開始是出於追求永生的慾望而想成為機器人，但經歷身體的改變，才知道自己原先擁有的東西多麼珍貴。我想起以前有多埋怨父母給我不好的皮膚，不知多麼討厭自己，現在想想當時真傻，突然不自覺笑了出來，沒想到會這樣一邊看著動漫一邊反省。

回顧過往，我太折磨自己了，因為討厭而忽略自己的身體，總是吃不健康的食物，我應該要肯定並愛原本的自己，於是我開始意識到要給自己無限的愛，如此一來，我內在的負面情緒一點一點地消失，漸漸感受到生活充滿正向活力。

相信很多人跟我一樣，曾經愚蠢地低估自己原本就擁有的東西，只看到缺乏的部分而感到自殘形穢，甚至認為自己不可能得到幸福。但是如果你能發掘自己擁有的小小種子，每天給一點名為愛的水源，持續灌溉，你的人生絕對會變得不一樣。這個方法顯而易見卻經常被忽略，事實上它是最好的良藥。勞倫斯‧克蘭在著作《Love yourself》中這麼寫道：

「學會如何愛自己，你將會得到更多。不管未來想成為什麼樣的人，都得先學會喜歡自己。能夠愛自己，就沒有什麼事是不可能的。愛是最強大的工具，為自己努力奔跑的心臟就是最有力的證明……學會愛自己的方法，世界就會成為你的；學會愛自己的方法，就能生活在強大的能量中，感受最豐足的情感。」

　　不管我是什麼樣的人，長得什麼模樣，都要肯定自己、愛自己，如此一來，人生就會產生變化。若是連自己都否定、厭惡自己，就算改變也沒有意義，因為消極的想法會成為習慣，讓你深陷其中。

　　我怕自己會不知不覺又回到以前那樣消極的想法中，所以不斷地自我訓練，讓愛自己成為一種習慣。為了以強大的能量和豐足的情感活在當下，為了更珍惜和愛護自己，我終於預約了一直拖延的身體健康檢查。

我雖然腿短又長得不好看，但我喜歡我的身體，
快點把我的身體還給我。
我的體內流著我爸爸、媽媽的血；
我的體內有我經歷過的事和回憶。
我喜歡那樣的身體！
快點把我的身體交出來！

第三個故事

不美好的回憶也是人生的一部分

《蠟筆小新：爆睡！夢世界大作戰》

有個朋友光是聽到踩踏落葉的聲音，或是空塑膠瓶被風吹而滾動的聲音就會被嚇到。有一次，我偷偷在身後惡作劇嚇她，沒想到她竟大發雷霆，立刻起身掉頭就走。我當下很尷尬，覺得那個朋友很奇怪，「有必要發那麼大的脾氣嗎？」

後來朋友才道出緣由。那是大學一年級的事，她家在外地，每次搭車回去，下了車之後還要走約二十分鐘鄉間小路才能到家。有一天回家的路上，她突然發現好像有人跟在後面，因為害

怕所以越走越快，沒想到後面那個人直接上前並伸手把她的嘴巴搗住，試圖要把她拖走。那天路上沒有其他人經過，她還是用盡全身的力氣掙扎並發出聲音喊叫，幸好有一個大叔騎著腳踏車經過，趕緊前來救她。在朋友大聲喊叫反抗之餘，那個犯人還打傷了她的臉，因為受傷，朋友在家待了好一段時間都不敢出門。據說犯人一直沒抓到，所以後來只要聽到一點點細微的聲音，她的反應都會很誇張。這件事之後，我再也不對別人惡作劇了，可能我以為只是開玩笑、好玩的事，卻會讓對方感到害怕。

聽了朋友的故事，我想起《小紅帽》。童話故事中的小紅帽，差一點就被假扮成奶奶的大野狼吃掉。對小女孩來說，狼的存在造成她的心理創傷，只要看到相似的東西，就會感到恐懼。

我們經常在發生意想不到的事件時，會自責「都是因為我」而想逃避，因此當類似的情形再次發生時，不安感就會倍增，恐懼也會越積越多。

在《蠟筆小新：爆睡！夢世界大作戰》中的人物——沙希，是不是也有這種心理創傷呢？沙希的母親在她小時候意外去世，沙希一直覺得是自己的關係母親才會死，於是經常做惡夢。

沙希的父親為了保護女兒，吸收其他人的夢能源，建立一個夢世界。自從沙希轉學到小新就讀的幼稚園之後，春日部的居民便開始受惡夢折磨。當居民們知道原因後，沙希表示只要他們一家人離開大家就不會再頻做惡夢，春日部也會恢復到原來的日常，但這時，小新的爸爸廣志卻大聲說道：

「夢不會逃跑，逃跑的永遠都是自己！」

沙希的爸爸急於掩蓋並設法讓沙希逃避惡夢，但是知道真相的小新和媽媽卻是想辦法讓沙希做美好的夢。換句話說，就是採取直接面對問題的方式，提出、面對，再覆蓋上新的部分。

越是想逃避，就越可能剝奪克服的意志。應該勇敢探究真相，而不是一昧躲避危險，這一點

其實我們都非常清楚。只要有一個人願意努力理解，就會發生奇蹟。小新的媽媽進入夢中擊退壞蛋，並說：

「沒有一個父母看到孩子陷入危險會無動於衷，
天底下沒有那樣的父母。
對父母來說，孩子比自己的生命還重要。
沒有一個媽媽會埋怨自己的孩子。」

沙希透過小新的媽媽見到了自己的媽媽，並學會接受把傷心的記憶當作人生的一部分。

或許逃避當下會覺得解脫，但實際上在內心深處仍有無法撫平的疙瘩。什麼事都一樣，把所有一切都消除掉不是解決之道，重要的是學習接受，如果能接受並放下，那麼一切就不算什麼了。

這是我從沙希身上學到的，如果我的朋友和小紅帽能夠不逃避，面對、接受並認同那些屬於人生的一部分，那們我們就可以這麼說：

「現在沒關係了，因為我不是一個人。」

第四個故事

毫不動搖的本質

《森林大帝》

　　以前在有很多兄弟姐妹的家庭裡，大多會依照字輩或行輩來取名。我們家有四姐弟，家庭成員不算少。雖不是刻意的，但除了我，其他兄弟姐妹的名字裡都有「熙」這個字，所以在我小時候，大人們常拿我開玩笑。

　　「妳該不會是從橋下撿來的吧？」

　　雖然覺得絕對不可能，但聽多了還是不免懷疑，「我該不會真的是撿回來的女兒吧？」如果

是真的，可真讓我不知所措。

擔任電臺的企劃製作時，我曾經負責籌劃過一個記實節目《領養日》，主角小時候被領養到國外，二十歲成年後回到韓國想尋找親生父母。雖然真的找到當初生下自己的家人，但是親生父母卻不想露面，也不願意見自己生下的孩子，導致節目宣告停播。當時我心想「那孩子心裡不知會多麼難過？」被領養者也許一生都在引頸企盼見到親生父母的那一天，但也只能相信他們肯定是有什麼不能公開的苦衷吧。

我開始重新思考生命的起源、自我本質的認同。不是我們出生長大的環境造就自我的認同感嗎？那為什麼還想找到自己的根呢？那個很重要嗎？

我突然想到《狼少年》的故事。雖然生而為人，但從小就和動物們一起生活，是個可以與動物溝通的孩子。這樣看來，也許在現實中的某處，有人過著如童話或漫畫主角那樣的生活。

　　《森林大帝》中與人類一起生活的小白獅雷歐對自己認同的混亂，也是類似的狀況。

　　「爸爸，我是野獸嗎？
我到底是哪一種？我⋯⋯到底該怎麼辦？
請您告訴我，好嗎？請您告訴我。」

　　小時候的雷歐對自我認同產生混淆，問爸爸自己到底是動物還是人類。想要確實了解自己的根，產生自我認同，這對於人類或動物來說都是非常重要的事。如果對自己有正確的歸屬感，不管遇到任何狀況，都不會輕易被動搖。雷歐透過好朋友聽到了明確的回答。

　　「雖然你是獅子，我是人類，
但我們的心是連在一起的。」

　　就算不是關於自我認同的問題，但人在生活中仍會遭遇產生混亂的時候。尋找根源以及自我認同來設定人生方向很重要，但是更重要的是，不要以任何連結為自己設限，在自我認同之餘也需要不受束縛，獨立思考。

　　當然，這是件很辛苦的事，因為我們從小就
不斷以別人說的話為基礎，形成對自己的認知。
若能跳脫來自根本和環境的影響，擴大對自我本
質的思考，確立堅定的認同感會更好。不要透過
別人的想法來定義自己，即使覺得抑鬱，也要學
會在與自己的對話中尋找自我認同，只有這樣，
才不會輕易因任何人的意見而動搖。

雖然你是獅子，我是人類，
但我們的心是連在一起的。

第五個故事

承認極限的存在

《機器人跆拳Ⅴ》

我一直覺得三十歲好像不會來，就算會來，在我的人生中也會來得很慢。沒想到現在已經要四十歲了，真不想承認。本以為三字頭這階段會讓人傷心，殊不知反而覺得自在，因為我的二十代過得比別人精彩，我認清了自己能做和不能做的事，對無法做到的事情不再執著，也不再魯莽地去挑戰。

可以明明白白了解自己的侷限性，承認自己的極限，對於讓我感到疲憊的事情不再盲目地傾

注熱情。神奇的是，在認知並承認自己的極限之後，感覺人生變得更自由，開始看到了以前看不到的東西，從中發現人生的意義和樂趣，感受到幸福。

大多數人都認為只有超越極限才叫做成功，但是我的想法不同，我覺得從承認極限的那一刻，開始享受人生就是成功。

承認極限的同時，也拓展了生活範圍。微軟創辦人比爾·蓋茲是公認的卓越企業家，但他也並非完全駕馭所有領域。他準確地明白自己能力有限的部分，客觀地選出能夠代替自己的適當人選。我們可以說微軟成功的因素之一，就是比爾·蓋茲「承認自己的極限」。曾擔任微軟財務長的法蘭克·加德特曾說：「比爾所做過最明智的事情之一，是在適當的時候聘請了必要的專家，讓他們能夠按自己的信念工作。」為了成長、成功，坦率且確實地承認自己能力有限是必需的條件。

能夠承認自己侷限的人，反而可以更帥氣地成為一個能夠承擔責任的人；但是不肯承認自我

極限的人，會在其它方面表現出執著的態度，急
於想炫耀自己的力量。在《機器人跆拳 V》出現
的卡夫博士就是這樣。卡夫博士對自己矮小醜陋
的外貌感到自卑，竟因此計畫毀滅地球，以展現
自身的強大。他隱藏自己的身分偽裝成麥爾坎將
軍，積極開發機器人，夢想稱霸世界。不顧周圍
人的勸阻，不放棄統治世界的慾望，但最終還是
必須承認他的極限。

> 瑪莉：「身為機器人的我們到底能怎麼樣？
> 用鮮血奪走世界後該怎麼辦？爸爸。」
> 麥爾坎將軍：「閉嘴！」
> 瑪莉：「就算得到這世上所有一切，
> 我們仍是機器人啊。
> 人類的仿製品可以統治人類嗎？」

　　機器人瑪莉對如同自己父親的麥爾坎將軍一
針見血地說出這些話。就算得到這世上的一切，
瑪莉也明白自己仍然是機器人。因為一個有能力
的人的自卑感，讓世界陷入爭戰，但這個世界並
非只靠武力就能獲得，就算贏得萬物，仍有些事
做不到。

　　雖然機器人擁有超越人類的力量，終究有無法從人們身上剝奪的東西，那就是人性。

　　瑪麗最終承認自己的極限，阻止自己變得更惡劣。雖然是機器人，卻可以看清另一種生活價值，所以承認自己的極限也不代表輸了，能夠了解未知的領域，必定會讓生活更豐富。

傾聽微小的聲音

《木偶奇遇記》

某個風和日麗的周末,我找了間咖啡店打算工作。不久,兩個女子來到我旁邊的空位坐下,接著又有兩個人加入。她們看起來既像剛大學畢業的社會新鮮人,卻又有點像還在就學中的學生。她們閒聊的感覺,像是將美國影集《慾望城市》中四名女主角投射在自己身上一樣,其中一個女子大聲地說:

「天啊,妳買了名牌包?我也好想買喔,妳花了多少錢?」

「這個我只用十萬韓圜就買到了，跟真的一樣，看不出來對吧？」

「嗯，看不出來。」

另一位朋友不以為然地說：「仿冒的東西，就算可以騙得了別人的眼睛，但騙不了自己。為什麼非要買假的？要是我就不會買。」

氣氛瞬間變得尷尬，就像被低氣壓掃過。雖然只是短短一句話，卻蘊含了很多意義。是啊，我們就算可以暫時騙過別人的眼睛，卻騙不了自己的心。

當年我走在西班牙朝聖之路上，一整天大部分時間都走在人跡罕至的地方。途中偶然會遇到很有意思的景象，就是路邊的無人攤位上，多半擺放了香蕉、蘋果或是巧克力、餅乾等，那是為了沒有充足食物的旅人準備的。旁邊通常會有一個可以放錢的籃子，是的，就看你的良心了。攤子上的東西都未標示價格，由人們隨自己的心意把錢放進籃子裡。當然沒放也不會有人知道，但我相信在那裡不會有人拋棄自己的良知。

　　雖說我們無法欺騙自己的良心，但有時還是會辜負它。如果一時背棄了良心，當下似乎能得到好處，最後終究會感到痛苦。我們可以欺騙別人，卻騙不了自己，因為不光明的行為會永遠留在自己心底。或許一次可以騙過幾個人，但你不可能欺騙所有人。良心是人們心中的寶石，外表看不出來，卻始終在內心閃耀光芒。

　　不過有時憑良心行動，反而會讓自己吃虧。或許在當下覺得是自己的損失，日後必定會明白那樣做是對的。雖然依照自己內在良知行動得不到什麼利益，但最大的成就就是你能堂堂正正面對自己。在一些微不足道的小事上也秉持良心行事的人，在巨大的誘惑面前也不會動搖，因為他有一顆安穩、堅定的心。

　　在《木偶奇遇記》中，木匠老喬用木頭做了一個小木偶。小精靈對這個小木偶說，如果你能證明自己勇敢、真摯、不自私，就能成為真正的少年，且你的良心會告訴你如何在對與錯之中做選擇。小木偶不明白什麼是良心，於是小精靈這麼說：

「良心是別人聽不到的微小聲音。」

　　這個解釋很貼切不是嗎？在生活中，不管在什麼情況下，我們選擇正確或錯誤的基準都是良心。根據內心選擇正確的行動，就是能傾聽微小聲音的證明。

　　我也期許自己能成為一個連一點細節都不馬虎，擁有清澈內在的人。

良心是別人聽不到的微小聲音。

第七個故事

比認真生活更重要的事

《龍龍與忠狗》

「還能怎樣比現在更努力生活呢？你在這裡還能如何再發憤圖強？還能怎樣再加把勁呢？你已經盡了全力，只是沒有機會罷了，所以要怪就怪這個世界吧，這個世界應該更努力更費心才對。無法創造出更多機會是這個世界的問題，是這個世界應該盡力的。你破口大罵也好、大哭一場也罷，就是不要怪罪自己。」

好久沒看電視劇了，看到這一幕不禁哽咽。為了就業而孤軍奮戰的青年們應該都會有同感。

在電視劇《機智牢房生活》中，一名受刑人金珉成一天只睡五個小時，幾乎沒有休息地一邊工作一邊唸書，卻沒能如願考上公務員。有一天深夜，他在疲勞的狀態下為老闆跑腿，不慎出了車禍，因為付不出和解金而不得已進監獄。金珉成成天把「對不起」掛在嘴邊，於是主角金濟赫對金珉成說了以上的話。

其實我沒有經歷過待業的時期，是因為我想做的工作與就業的意義有些差距嗎？還是因為我運氣好？大學畢業的同時就無縫接軌進入職場，中間偶爾有休息的時間也沒有浪費，上課充電、旅遊。我很努力過生活，但始終沒能得到父母的認可，或許是因為我並非進入父母心目中穩定的職場，成為固定上下班的上班族吧。

《龍龍與忠狗》當中，小蓮的父親對龍龍說的話，讓我心裡也覺得鬱悶，是因為太投入了嗎？主角龍龍喜歡畫畫，也有才華，而龍龍的朋友小蓮是支持龍龍夢想的可靠靠山。

有一天，龍龍在山上畫畫時，小蓮的父親前

來對他說：

> 「龍龍，你不知道我現在對你有多生氣，
> 畫這種沒有用的東西……
> 總之大家都在努力工作的時候，
> 還在這裡畫畫的人就是偷懶。
> 人如果不認真努力，流著汗水工作，
> 就不算是一個真正的人。」

也許是因為想起了在我朝著夢想前進時，父親對我說過的話，才更有感觸。一直以來在夢想和現實之間苦苦思索才更加感慨。雖說也可能會錯過。

努力生活的意思是什麼呢？是為了賺錢而勞動嗎？過得不幸福，在流下的汗水中尋找意義，安慰自己人生是正常的？會不會日後回想起來，認為自己只是努力工作而已，卻從未想過自己到底喜歡什麼，因什麼而感到幸福。

因為小蓮父親的話，龍龍為了要不要繼續畫畫而陷入苦惱，但是龍龍的爺爺問他，看到別人

的畫時會不會感動？若答案是肯定的，那麼龍龍也用畫來帶給其他人感動，就是件有意義的事了。

認真努力流著汗水工作很重要，但更重要的是了解自己，自己是什麼樣的人、喜歡什麼、擅長什麼、什麼時候感覺最幸福。這世界上存在著各式各樣的人，每個人誕生的意義和活著的目標都不同，具備的才能也不一樣。要先找到自己的位置，然後在那個位置上盡全力生活。做能讓自己幸福的事，做能帶給別人幸福的事。那就是全部。

第八個故事

尋找只屬於我的強項

《湯匙婆婆》

　　很久以前，我就對舞臺上的生活充滿憧憬，其中最喜歡音樂劇。或許是我在歌唱方面的素質還不錯，因此夢想成為音樂劇演員。如果我當時更堅持一點也許可以做到，但畢竟缺乏堅持不懈前進的動機，環境條件自然也無法連接起來。

　　不，說實話環境是具備的。在大學時我加入了學校的音樂劇社團，比起課業我更勤奮地參加社團活動，每天一大早就去練習。音樂劇演員的基本訓練是要天天運動，為了保持身體柔軟度要

勤做伸展。就那樣過了一個學期，放假時有音樂劇《火爆浪子》的研習營，而我沒有參加，後來就自然而然與之疏遠了。

大學畢業後我馬上進入電臺做節目企製，剛開始與大家一起共事雖然有點膽怯，但大致上還是很有趣的經歷。電臺企製的工作內容並不固定，常常因為節目異動而隨著變化，那種狀況要不是去其它節目，就是休息一會。我是閒不下來的人，休息時也經常安排學習進修。

我一直都會去大學路的小劇場看表演。如果看到以前同社團的演員出現在臺上，除了替他們高興，偶爾也難免會想：「如果我當年也持續參加社團活動，也許現在就是個演員了吧？」

不過即使成了電臺企製，我也沒有放棄對音樂劇的喜愛，甚至後來辭去工作，重返校園攻讀音樂劇專業。剛開始，我與演員們一起學發聲、演技、上表演課，但畢業時卻發現自己已經站在音樂劇作家的位置上了。當然，在畢業演出時，我是以演員的身分站在舞臺上，當時演出的光碟

至今還不敢拿出來看，感覺看了自己都會覺得不自在。

　　就這樣，我做過站上舞臺的夢，也經歷過現實生活，我領悟到的是，每個人都有適合自己的衣服，如果硬穿上不適合自己的服裝，最後還是得脫掉。不過，還是要穿上才會知道合不合適，所以任何經驗都要勇於嘗試，並從中找到自己的強項。

　　在《湯匙婆婆》中，湯匙婆婆擁有一種神奇的能力，可以依自己想法將身體放大或縮小。有一次湯匙婆婆不小心被掛在樹上，一隻老鷹向她飛來，湯匙婆婆叫老鷹走開，但是老鷹不肯，這時一個叫宥莉的女孩經過跟老鷹說話，老鷹就乖乖飛走了。

> 湯匙婆婆：「真是太神奇了，
> 為什麼老鷹會聽妳的話？」
> 宥莉：「湯匙婆婆才神奇呢！
> 可以隨心所欲地變大變小。」

　　所謂的強項不就是這樣嗎？別人做不到、只有我才擁有的武器，而且對我來説一點也不難、沒有壓力，感覺很熟悉的事。宥莉的長處是可以跟老鷹溝通，而湯匙婆婆可以變大縮小。我也是嘗試了各種事物才找到自己的長處。透過實際體驗，辨別不適合自己的衣服，果斷扔掉，留下的自然是適合我的東西。

　　不過神奇的是，我雖然希望成為作家，卻又討厭當個作家。也許我討厭的是那些努力吧，但我仍一直寫作，寫著微小而瑣碎的事。

　　正如你所見，我現在正在寫書。若説和以前有什麼不同，那就是現在我喜歡這樣寫作的自己，和作家這個身份。

宥莉：「湯匙婆婆才神奇，
可以隨心所欲地變大縮小。」

祕訣就在心中

《鬥球兒彈平》

我曾經開過英語補習班。當時班上有位國中一年級的學生，他是個對學習沒什麼興趣的人，考試成績都是十分、二十分左右。升上國中後，媽媽認為不能再放任不管，於是火速為他報名了補習班。那個孩子是個很聽話、文靜的學生，實際教學過後，才發現他只是不懂讀書方法而已。但他本身也不會主動積極發問，因為他感覺不到學習的必要性，上學對他來說只是在消磨時間。

我採取一對一的教學方式，他也堅持不懈、

循序漸進地學習，就這樣在三個月後，他的英語成績上升到了八十分。有著非常大的進步。

不管讀書、工作，任何事物探知過後都可能讓人產生興趣，而興趣會帶來想學習的慾望。如果不想就此滿足，就要越過臨界點，跨向下一個階段。當你得到八十分時，就應該試著向一百分挑戰。有很多人在挑戰中得到九十九分就停步了。只差一分達標，但那一分卻非常困難。

只要不放棄，堅持不懈，超越臨界點的那一刻一定會到來。過程中，別人幫不了你，最終都是與自身的戰鬥。想放棄的自己持續和想超越分數的自己戰鬥，唯有不妥協、堅持向前才能達到目標。

回想過去，當臨界點就在眼前時，我似乎都會不經意地將目光轉到其它方向，就此止步，但我應該按部就班地堅持下去才對，對於既有的一切，時時刻刻竭盡全力。對我來說，我的臨界點，就是印上我名字出版的書。透過努力不懈的行動，我的第一本書終於在去年面世，我的生活也

與之前略有不同，心態發生了變化。

《鬥球兒彈平》中，彈平為了射出火焰球，
每天都努力練習，最後終於明白方法。

當球內在蘊含的力量被激發時，
指尖就會冒出火花。

那祕訣其實是很簡單的東西，但如果沒有那
樣長時間的訓練和努力，我們就無法明白。那是
經過無數次努力後，瞬間乍現、當頭一擊所得的
原理，在領悟之後不斷地精進。據說火焰球一天
只能成功一次。或許真是因為力量強大吧，彈平
持續練習，進一步激發自己的力量，最後終於成
了鬥球王。

要達到百分之九十九的完成度或許不難，但
是要越過最後的百分之一達到百分之百的境界並
不簡單。但我相信大家都可以做到，只要按部就
班、集中心力不斷練習就可以成功。那個祕訣就
在你心裡，當你超越它，達成目標時的快感是無
法言喻的。

　　經過一番努力而成功的人，會繼續在其它事
物上運用相同的原理，順利達成目標。

　　要相信那股來自內在的力量。

當球內在蘊含的力量被激發時，
指尖就會冒出火花。

關於人生的先後順序

《萬里尋母》

　　人生中各種事物的優先順序會隨著遭遇到的狀況及環境而變化。舉例來說，小時候我們會把同儕、好友放在優先位置，隨著年齡增長會對課業和成績更為重視；完成學業之後工作成了第一；結婚後順序又會改變，特別是有了孩子，比起完全為自己著想的人生，更傾向於為家人負責的人生，家人的安寧和快樂決定了自身的幸福。

　　明確知道自己人生中的先後順序很重要，因為那是直接與生活價值聯結在一起的，按照自己

判斷的輕重來決定順序，當生活中感到疲累或痛苦時，那些就會成為幫助你克服的力量。

　　許多談論成功學的自我啟發書籍中，都有提到時間管理的概念，從中我們可以看到很多關於人生優先順序的部分。在《與成功有約：高效能人士的七個習慣》一書中，作者史帝夫·柯維講到成功的祕訣，他將人類所做的事分為以下四種：第一，緊急且重要；第二，重要但不緊急；第三是不重要但緊急；第四則是不重要也不緊急。史帝夫·柯維認為，成功的人主要是能處理好第二種事情的人。

　　即使不是為了什麼重大目標，但在日常中設定明確優先順序的人，對待自己生活的態度也會不一樣。工作時更是如此，如果不知道輕重緩急，在任務一下子交付下來時，就會感到不知所措、手忙腳亂，因為你根本毫無頭緒該從哪裡開始。

　　當事情繁雜，讓你頭昏腦脹時，建議你把該做的事一件一件寫下來，想想每件事的重要性，重新整理。若出於急迫心態想一次處理完的話，

說不定更困難。只要保持冷靜，一件一件集中精
力做好，就沒有辦不成的事。

　　為了成功達成某個目標，也許有些人把生活
置之腦後，但希望你不要因此忽略那些看似瑣碎
卻近在眼前的小幸福。當你達成理想時，自然能
感受到成就感和欣喜，但也有很多人在喜悅過後
覺得空虛失落，開始回顧這段日子為了成功而錯
過的周邊一切，那些因為感覺「沒什麼」而失去
的也許才是最寶貴的。

　　在《萬里尋母》中，白賓諾對馬可提到他父
親時這麼說：

> 「我不是不知道你爸爸想幫助窮人的心。
> 如果沒有他，就不會有這個診療院了。
> 但是所有事情都有所謂的限度，
> 犧牲家人的幸福真的也無所謂嗎？」

　　雖然自己犧牲奉獻的信念很好，但更要在乎
身邊的家人。工作和成功雖然重要，但掌握生活
的均衡也不能忽視。如果不能照顧家人和自身健

康，就算成功也只是暫時的。真正成功的人反而
更注重家庭與生活平衡，因為他們深知，生活失
衡的話，所取得的成功也會化為泡影。

　　想想自己生活中真正珍貴的是什麼，先後順
序是如何，不要讓你的人生後悔。現在就開始為
那些珍貴的事物竭盡全力，否則日後的生活將沒
有什麼值得享受的了。

失敗是成長

奇蹟是自己創造的

珍惜時間的意義

習慣的力量

成為大人這件事

人生本就是幻想

鮮明地描繪，一定會實現

完美的時機

比賽結束前都不算結束

回到初衷

CHAPTER
2

關於等待

失敗是成長

《永心》

　　突然有個想法：「人生至今認為最失敗的時候是什麼時候？」雖然未來的日子還很長，但回顧過去，還是會有後悔的時候。「樂觀」是我的人生格言，所以我從不把失敗當成失敗，而是看作另一個機會的開始，所以對於別人說的考試落榜了、事業搞砸了諸如此類，我並不認為是失敗。

　　失敗並不是既定的，大學聯考可能落榜，創業也可能受挫，在當下或許滿腦子都是「我失敗了」的想法，但經過一段時間沉澱，你會發現這

些事情或許不完全是失敗，反而可能成為前往另一個方向的契機。人生無法斷定結果，只有走到盡頭才會知道。

真正的失敗不是挑戰後得到不如預期的結果，而是當你因此感到挫折的時候。那時的失敗感才是真正的失敗。

我也曾嚐過慘痛的失敗經驗。

我從事電臺企製工作，能接觸到自己喜歡的事務，當然也會接到不想做的節目。我一直抱著學習的心態，努力、開心地工作。後來，我接到了製作娛樂節目的提案，雖然有些猶豫，但因為是從未嘗試過的領域，還是接受了。可從開始進行工作的那天起，就覺得這工作與我不合拍，感到非常痛苦。「可能是因為還不熟悉，過陣子就會好的。」我如此一邊安慰自己一邊繼續工作，就這樣堅持了一個月，強忍的鬱悶感讓我幾乎無法呼吸。最後我逃跑了，伴隨著巨大的挫敗感。

失敗本身不是問題，失敗後隨之而來的感受

才可怕。失敗會帶給人消極負面的想法，讓人不敢再向前邁出。但是，如果你能克服失敗帶來的恐懼，相對地就會成長，從中學到東西。

　　韓國原創動畫《永心》當中永心的父親就像大多數父母一樣，平常帶著嚴格形象教訓孩子，但在關鍵時刻也會給予安慰。永心的哥哥因考試考壞了感到沮喪，他的父親這樣對他說：

> 「人生是你自己的，
> 跌倒了重新站起來，你會從中領悟一些事。
> 即使考試落榜，也要在彷徨中吸取教訓。
> 用你的方式可以做到，要努力去做。
> 雖然幸福跟成績排序沒有絕對關係，
> 但學生還是要努力學習。」

　　白手起家，以十年的時間達到四千億韓圜資產的金承浩社長，被公認是位成功的企業家。他在他的著作《想法的祕密》中這麼寫道：

　　「如果從未遭遇失敗，那並不值得驕傲，因為你不知道什麼時候會失敗。你沒有理由為失敗

而感到羞愧，反而應該要擔心沒有失敗的經驗。只要能透過失敗吸取教訓，那麼任何失敗都具有成功的價值。」

結論就是我們要從失敗中記取教訓，並自我成長，尋找別人無法模仿、只屬於自己的方式，從失敗中體會到達成功的方法，當你找到的那一刻才是真正展開屬於自己未來的時候。這就是為什麼說不要害怕經歷失敗和彷徨的原因，一切都是為了迎接真正的人生。

第二個故事

奇蹟是自己創造的

《海底兩萬哩》

　　走在西班牙朝聖之路的途中，我去過一個庇護所，那是個只靠微薄贊助營運的小地方，由一對夫妻負責打理。聽說他們賣掉了原先在巴塞隆那的房子，搬來這裡為朝聖者們服務。

　　在那聽了他們的故事。妻子原本有一個很好的工作，卻突然被診斷得了癌症，只剩三個月左右的生命。聽到這個消息她感覺天要塌了似的，於是在所剩無幾的日子，她決定去做自己很久以前就想做的事——走一趟朝聖之路。神奇的是，

在她走完後，她的病竟像謊言一樣康復了，彷彿真的發生了奇蹟。

當她走朝聖之路時曾許願，如果自己的癌症能治癒，她就要在這裡為朝聖者服務，於是她和丈夫兩人一回巴塞隆那便賣了房子，付諸行動。

一般發生常理無法解釋的奇異現象時，我們會說那是奇蹟。就像那對夫婦，原以為很快就會離開人世，沒想到竟然痊癒了，而且後來過著更自在的生活；又例如在運動競賽中，原本墊底的選手最後反敗為勝，獲得第一名，那也可以說是奇蹟。仔細想想，或許奇蹟並非完全出自於偶然，而是自己曾經的信念所造成的。

《海底兩萬哩》中的尼莫船長想毀滅惡黨卡格伊的基地，卻意外陷入卡格伊的陷阱中，尼莫船長的鸚鵡螺號面臨危機，沉入深海，只要再遭受一擊，所有人都會死。這時，山森用一把手槍阻止了炮彈發射，拯救了鸚鵡螺號，葛蘭蒂斯不禁脫口：「這真是奇蹟啊！」但山森卻說：

「奇蹟是自己創造的。」

我們通常認為奇蹟只會發生在特別的人身上，但其實每天有意義的事情凝聚在一起就能創造奇蹟。在懸崖邊緣經常發生所謂的奇蹟，原因不正是懇切嗎？懇切的時候會產生爆發性的力量。

電影《王牌天神》中，被解僱的電視記者布魯斯憤怒大喊「上帝討厭我！」，下一秒神就出現在他面前。

神在自己的休假期間把世界交給布魯斯管理，並賦予他能力。布魯斯因此擁有了全知全能的力量，一開始他開心地讓人們的願望全部實現，但隨著時間過去，他發現世界變得一團糟。布魯斯不知所措，於是去問神「現在我該怎麼辦？」神這麼回答：

「單親媽媽扶養兩個小孩，還能空出時間陪小孩練足球，那是奇蹟；十多歲的青少年拒絕毒品誘惑，努力讀書，那也是奇蹟。人們擁有創造奇蹟的能力，但自己卻總是忘記，只會向我許願。

想看見奇蹟嗎？你自己創造吧！」

　　每個人都有創造奇蹟的能力，只是懂不懂得活用而已。

　　不要忘記，你最有自信的地方就是創造奇蹟的最佳場所。請創造充滿奇蹟的生活。

所謂奇蹟，是自己創造出來的！

第三個故事

珍惜時間的意義

《甜甜仙子》

　　《甜甜仙子》中的天才程式設計師盧卡斯才十二歲，就可以以一台電腦運作科學世界中最先進的遊樂園。為了數學作業傷腦筋的甜甜，看到這個天才少年的報導後也立刻起身讚嘆。當皮皮問盧卡斯作業要怎麼做時，他這樣回答。

「電腦不是會在一眨眼之間就能計算出答案嗎，對吧？皮皮。

時間很珍貴，因為不會有第二次機會。」

　　時間對任何人都很公平，問題在於自己如何利用。甜甜仙子充滿行動力這件事是誰都不會否認的，她不為無法解決的問題而浪費時間，而是尋找能夠最迅速解決問題的人。或許有人會認為冒險行動是魯莽的行為，但誰都無法預知未來誰會發展得更快。

　　MJ 狄馬哥所著的《快速致富》中描述，偉大的埃及法老王把兩名年輕的侄子秋馬和阿祖爾找來，要他們各自建造一座金字塔，誰先完成就可以得到王子的頭銜以及財物，一輩子過著榮華富貴的生活，條件是必須一人獨自建造金字塔。

　　那兩個年輕人怎麼做呢？阿祖爾立即動工，扛來一堆一堆沉重的石頭打地基，並為了扛更多石頭努力鍛鍊自己的身體；而秋馬什麼都沒做，就這樣過了一年，人們看到那樣的秋馬都覺得可惜。但是最後，結果卻逆轉了。一年後秋馬帶著工具出現。當阿祖爾用自己的身體辛苦勞動期間，秋馬卻閉門研究出可以代替自己工作的器材，在很短的時間內建好金字塔。作者在書中留下這樣的話：

「在慢車道上，你得自己舉起石頭；在快車道上，則需建構代替你舉起石頭的系統。」

天才程式設計師盧卡斯小小年紀就開發為自己工作的系統，這不正是為了珍惜時間嗎？不走慢車道，而是在快車道上，以及與珍視的人一起幸福地度過，都是因為時間寶貴。不過在開進快車道前，必須先花上一段集中、耐心和努力的時間。如果設定了目標，朝著正確的方向前進，那麼在某一刻，就會得到如等比級數般的回報，同時伴隨時間上的自由。

我也曾在青春歲月裡，在慢車道上驅動我的身體，做各種工作。也許是那些經驗讓我意識到，我必須去尋找自己真正該做的事。現在偶爾也會想，如果我早點開上可以節省時間的快車道該有多好？

但我認為現在也不晚。從現在起，設定好優先順序，花點時間按部就班努力就可以了。

　　這個優先順序可能是可以讓我更快實現目標
的事，也可能是能讓我感到幸福的事情。將那些
時間集合在一起，創造屬於我的時間。

　　所謂珍惜時間，超越了在短時間內達成目標
的意義。或許珍惜時間，意味著要確保更多的自
由時間，好把那些時間用在更有意義、更有價值
的事情，以及追求幸福吧。

第四個故事

習慣的力量

《大力水手》

　　養成一個習慣需要花二十一天，即，從生物
學的角度來說，在大腦輸入新事物，讓它成為真
正的習慣需要一定時間。如果你已經刻畫了想要
的樣子，然後每天行動，假以時日就能成為習慣。
但是面對東西，要我們每天反覆做並不容易，比
起陌生的東西，人們更希望回到以前熟悉、舒適
的樣子。要養成新的習慣，做出改變，勢必要忍
受一段不熟悉不自在的時間，才能將新的好習慣
內化，改變自我。

　　若想成為有錢人，就研究致富的方法並付諸
行動；想擁有好身材，則必須努力運動。沒有什
麼事可以一蹴可及，就算真的能迅速得到想要的
成果，那種獲得通常來得快也去得快，因為你根
本還沒有形成維持那種狀態的習慣。唯有努力累
積，才能成為本人的東西並保持下去，日後不管
遇到什麼狀況都不會輕易動搖。

　　相信人都會夢想可以中一次樂透，幻想「如
果我突然中了十億元該怎麼辦？」大部分人會說
想買房子、買超跑、環遊世界等，但是大多數的
人並非真的知道自己擁有一大筆錢時會怎麼運
用，再多的錢也很容易一下子就揮霍殆盡。就像
《大力水手》裡的溫皮一樣。

　　大力水手卜派的朋友溫皮繼承了鉅額遺產，
一瞬間變成大富翁。卜派對成了大富翁的溫皮
說，現在買漢堡再也不用賒帳了，溫皮卻很有自
信地對卜派說，就算自己成了富翁也不會有任何
改變。

　　　　　　「謝謝你，朋友。

就算我突然成為富翁，
你也永遠都是我的朋友。」

如果環境發生變化，我們的想法和行為通常會配合環境產生轉換，但是溫皮卻始終如一。成為富翁之後他可以吃各式各樣好吃的東西，但溫皮仍然鍾情於以前常吃的漢堡，若要說和以前有什麼不同，那就是吃的數量變多了。

擁有萬貫財富的溫皮與卜派友誼仍一如往常，雖然後來他的財產不幸地全都飛了，溫皮卻全然沒有難過的樣子，還是像以前一樣去找卜派要他買漢堡。卜派這麼對他說：

「不管你再怎麼困難、辛苦，卜派都是你的好朋友。」

在強調友誼的這個故事中，我聚焦的重點是溫皮的習慣。就算遇到可以賺比之前多兩倍財產的機會到來，溫皮也沒有動搖，他不惜失去財富也要選擇友情。也許在溫皮的生活中並不需要那麼多錢，只要每天都可以吃漢堡，同時有個一直

在身邊的朋友就好，於是溫皮捨棄華麗的生活，繼續從前的生活模式。

　　溫皮突然繼承財產成為富翁，但也許那種生活對他來說很不自在，溫皮對富翁生活並沒有特別的認知，在全然沒有準備的情況下得到的東西也很快會失去。

　　但老實說我也希望自己像溫皮那樣好運，一夜致富，那麼我絕對不會讓錢財輕易飛走，我一定會好好利用的……啊，我要去買樂透了。

成為大人這件事

《原子小金鋼》

　　我以前並不急著成為大人，或許是因為知道年齡是隨時都會過去、再也無法回頭的東西。想做的事很多，也有很多煩惱，腦子裡有很多想法，我的學生時代可說是過得挺辛苦的，雖然不時有些動搖和徬徨，但正因為如此，青春才更為純真美麗。我一路左閃右躲，只為了用力感受我想要的青春。

　　記得有位在大學時認識的一個朋友說過想快點長大，因為覺得身在二十歲的年紀實在太痛苦

了，到了三十歲之後感覺心境應該會比較安穩，
也更幸福。但真正到了三十歲，真的有比較快樂
嗎？對於這個問題，《原子小金鋼》應該可以回
答吧。

小金鋼和妹妹烏蘭有時會這麼想，
「人類的孩子雖然想快點長大，
但成為大人並不一定是那麼好的事。」

以前，我對為了地球和世界和平而孤軍奮戰
的原子小金鋼心生嚮往，是因為他擁有人類的感
性。

最近突然好奇，我是什麼時候突然長大的？
還是只是年紀大了？長大成人的意義到底是什麼
呢？

我曾在大學路的劇場擔任過音樂劇助理導
演。一般大型音樂劇公演時，為了預防主配角因
不得已的狀況臨時不能演出，會安排替補演員。
但在大學路劇場規模很小，演員每一場都必須上
場演出，公演時常耗時好幾個月，因此演員們都

得好好維持自己的身體狀態。尤其周末場次比較多，很多時候演員連家人、朋友的婚喪、聚會都無法參與。

有一回公演，現場有位演員的表情一直很陰鬱。他平時性格總是開朗、親切，因此他突然一臉沉默的樣子讓人特別在意。直到兩個小時的公演圓滿落幕後才知道，他在來劇場的路上接到自己母親逝世的消息。他的母親已經臥病治療一段時間了。

那位演員在表演結束前什麼都沒有說，等完成自己的工作之後才告知大家。

成為大人是不是那樣呢？即使有悲傷的事情，也不能放聲痛哭，即使想哭還是必須強顏歡笑。在那種情況下仍強迫自己鎮定，默默地承擔情緒先完成自己的工作。就這樣，我們不知不覺地變成了大人，忍耐著一路苦撐。

儘管如此，成為大人也不完全是壞事。二十歲時並不想成為三十歲，但到了三十歲，奇怪的

是我似乎感受到了心態上的平靜，就是朋友以前
說過的那種感覺。那時才知道，那種狀態並不是
隨著年齡增長，從數字中產生的心靈安定，而是
在二十歲時面對各種風雨，堅持挺過後更強壯的
感覺。

　　如果說二十代的痛苦來自於無法放棄很多想
做的事，那麼三十代的安定就是領悟了自己應該
放棄什麼，並且擺脫一心求好的好勝心，接受並
認可真實的自己。

　　當擁有那種心境時，才能理解在《千錘百鍊
才能成為大人》一書中，作者金蘭都教授所說的：
「成為大人這件事，是必須擺脫凡事都要做到好
的強迫感，對自己寬容一點吧，那樣才會更好。」
其中的意思。

　　長大成人並非代表人生不會動搖。生活中也
許會一直發生動搖我們的事，但如果內心堅定，
那麼任何風雨都無法阻止我。我喜歡那樣長大成
人的自己。

人類的孩子雖然想快點長大，
但成為大人並不一定是那麼好的事。

第六個故事

人生本就是幻想

《海綿寶寶》

　　某個下雪天，朋友傳來一則訊息，我打開一看，是一隻小狗坐在雪堆上，努力硬撐著，似乎不想被拉著走的影片。剛看覺得有點好笑，不過也有點傷心。

「這什麼啊？」
「這就是我的感覺啊！」

　　這個回答讓我察覺她現在應該很難受。朋友在學校工作，最近過得並不順利，教務主任也好、

學生們也好，大小事故連續發生。她說她痛苦得快要死了，但為了薪水，還是像毒品上癮一樣無法離職。說著說著她又補了一句，

「妳用什麼錢過活？」

身邊大部分的人看到我，都覺得我活得自由自在，追求著有趣的人生，過自己想過的生活，而他們只是過一天算一天。但其實我對自己的人生也會感到不安。

有人每天做一樣的事，過著安穩無趣的生活，用每個月固定入帳的薪水安慰自己，又隨意評價另一種自由自在生活的人生，但他們並不理解那些為了守護「自由」的人付出什麼樣的代價。至少我認為這世上有各種各樣的經歷，需要不同的努力，所以我們不能輕易評斷別人的人生。

回想起來，我一直都在認真傾聽自己每個時期的想法，朝目標做了許多準備，機會到來時便毫不猶豫地把握，出現新的挑戰時就面對。如此發展我的人生，用我自己的方式。

　　也許我的努力在固定做一件事的人們眼中看起來並不安穩，但是，回顧過去就能明白，一切都是有關連的。

　　為什麼活得開心自由，人生就會不安定呢？因為人們普遍認為經濟穩定才是平穩、成功的人生。賺錢應該是很辛苦很累的事，那麼讓生活充滿樂趣又賺錢不就可以了嗎？大部分人都認為那種屬於特例，而為自己的人生設限，但我認為，人既然活著，就應該好好過生活。我不想像那隻在雪地上被強拉著走的狗一樣，那樣的生活並不適合我。

　　《海綿寶寶》中派大星說過的話，不知怎麼地讓我有種痛快的感覺。

　　「人生是一場好玩的遊戲，
不需要打掃家裡、保持整齊跟維持乾淨，
這樣沒有意思！」

　　至少那些認為人生是有趣的，像玩遊戲一樣過日子的人，知道自己喜歡什麼、應該做什麼。

在那些沒有明確思考過自己夢想的人眼裡，很難理解一步步朝夢想邁進的人的想法。但或許那句話也反映出他們內心的羨慕之情，因為朝夢想邁進的人也會享受過程！

我想對那些過著重複日常，並認為人生無趣的人說：若想從中找到屬於自己的快樂，就從對瑣碎的小事表達感謝開始。這不是什麼高深的道理，但真正付諸實踐的人卻很少。如果身體力行，就能體會生活中的活力。即使情況沒有什麼變化，但只要心境改變，結果就會很不一樣。

所以，不一定要勉強保持整齊乾淨，希望大家都能痛快地說：「我的人生是一場好好玩的遊戲！」

第七個故事

鮮明地描繪，一定會實現

《甜甜仙子》

「為什麼教會的那些姐妹都交不到男朋友？
那五個姐妹常常手牽著手，圍成圓圈祈禱另一半
出現。在那時間去看兄弟們踢足球的其他姐妹，
都找到互有好感的對象了吧。那五個信仰虔誠的
姐妹卻只是流著淚認真祈禱，擦掉彼此哭暈了的
睫毛膏，那樣如何認識其他人呢？」

這是某天在教會做禮拜時聽到的故事，我不
自覺地笑了出來，因為我也曾在快三十歲時和七
名女教友一起組織了個祈禱會。當時非常虔誠，

但後來成員們都各自結了婚，祈禱會就自然而然解散了。

一般看到過了三十歲還不結婚的人，就會聽到「是不是眼光太高了，把標準降低一點吧」之類的閒言閒語。這世界連所謂眼光高或低的標準都不明確，我們卻被認定為眼光高的人。人與人相處時，都有各自不同的接受範圍，以及絕對無法跨越的底線，例如有人什麼條件都可以勉強接受，但對矮個子的男人絕對不行。如果迫切到連自己堅持不接受的條件也打破時，就真的能順利交往、結婚嗎？

有人曾告訴我一個方法，把理想對象的條件寫下來，她說自己那樣做，結果就真的找到具備同樣條件的人交往並且結婚了，只是當初沒有特別寫下經濟條件，這一點有點可惜。

在《甜甜仙子》中出現的天才少年盧卡斯也用那種方式與桃子相遇。盧卡斯是用一台電腦就能運作遊樂園的天才，有一天，他看到來遊樂園玩的情侶，腦中也開始描繪自己的夢中情人，他

自認自己的眼光不算高。

　　盧卡斯：「鼻子不用高挺但要很漂亮，
　　眼睛也不要求，不過能大一點當然最好，
　　　　頭髮要適合綁上蝴蝶結……」

　　那個形象正是甜甜仙子桃子的樣貌。他又接
著，

　　盧卡斯：「這樣下去我什麼都做不了，
　　　　只是一直在想著像這樣的女孩子而已。」

　　這一幕我看到的重點是盧卡斯對自己的理想
型一點都不模糊，他具體地描繪出自己喜歡的樣
貌，接著那樣的女孩就真的出現在他眼前。是夢
嗎？還是幻想？錯覺？在我看來天才少年知道如
何實現夢想，這似乎與我常在自我成長類書籍中
看到的「心想事成」脈絡很像。

　　最近也看到很多書寫道，「如果真心希望，
就寫在紙上」這是實現夢想的人們一致的主張。
仔細想想，我也曾那樣做過，而當時寫出來的夢

想現在大部分都實現了。不過我好像不曾寫過關於人生最重要的另一半理想條件。

有時間應該要把還沒實現的願望具體寫下來，待日後那些願望都成為現實時，我可以傳遞這樣的訊息給大家：

「鮮明地夢吧、寫吧、想像吧，將來一定會實現的。」

像天才少年盧卡斯，當腦海中描繪的人真實出現在眼前時，「就像魔法一樣、像童話一樣！」如此地體驗奇蹟。如同甜甜仙子桃子說的，絕望並不適合我們，因為尚未實現的夢想而絕望還太早呢。

做屬於自己的夢吧！

第八個故事

完美的時機

《藍色小精靈》

心中懷著夢想或願望，但一直無法實現時，人們會感到焦慮。舉例來說，為了考上公職，花好幾年的時間苦讀；或打算結婚，卻一直遇不到緣分。

在電視或電影中，有時會看到以前一起工作過的音樂劇演員出現。看著他們有成的模樣，我不知不覺感到欣慰，因為我知道他們以前有多努力，一直不斷磨練自己培養實力，才得以抓住機會聲名大噪。

重要的是，不能讓實現願望的經歷成為痛苦的回憶，必須享受那段過程並全心投入。同時也不能太心急，心中隨時想像達成目標的那一天，不放棄對自己的信任，在自己的位置上竭盡全力，那麼適當的時機一定會到來，屆時就要抓緊機會，接住那個朝自己而來的「完美時機」。

看到藍色，總會聯想到《藍色小精靈》。《藍色小精靈》是在描寫小精靈們與邪惡魔法師賈不妙之間發生的各種事，其中精靈老爹扮演著領導者和導師的角色。有次，有一個小精靈向精靈老爹抱怨，因為其他小精靈的關係害他詩也寫不好、畫也畫不好，精靈老爹這樣對他說：

「無論什麼事都有適當的時候和時機。」

心願一定會實現，問題在於實現的時間，凡事都會有最適合的時機，不要因為時間太晚就想放棄，有很多事會在你自己想都沒想到的時候成真，我們只要相信自己正在做的事就好。

喜歡旅行的我，從以前就夢想著有一天要去

南美旅行，但是南美洲並非能輕易到達的地方，因此我只好默默在心中把它當作旅行的嚮往。其實如果硬是要去也並非不行，但我不想這麼做，所以我靜靜等待適當時機到來。

後來，我的舅舅移民去了南美洲巴拉圭。我覺得差不多該是去南美的時候了，可當時我還有補習班要運作，無法立刻成行。雖然已經打算把補習班交給別人，卻一直沒有合適人選，正考慮是不是再經營一年看看時，奇蹟地出現了接手的人，於是我迅速把補習班交給對方，踏上夢想中的南美旅行。那件事讓我深刻認知到，如果心裡一直有個願望從未消失，那麼到了完美的時機就一定會實現。

經歷過幾次類似的經驗，即使心願不能馬上實現，我也不會再感到焦慮。當懇切的願望遲遲未能如願時，只要告訴自己現在還不是最佳時機，靜心、從容等待就可以了。

烤肉的時候，要等一面烤熟了再翻面，這樣才會美味，不能因為急著想吃就在沒烤熟時直接

放入口中，那樣可能會拉肚子。連肉都要等待適當的時間品嚐，更何況是人生呢？為了迎接適當時機，在等待的時間裡要讓自己更成熟。沒考上大學、找工作失敗、遲遲未結婚，這些都不是急得來的事。

凡事都有最適當的時間點，那個時機會成為你人生中的完美時刻。好好享受當下，就能優雅迎接那個時刻到來。對某些人來說，那一刻可能已經來了；對某些人來說，或許還在來的路上。

無論什麼事，都有適當的時機，
我們只能等待。

比賽結束前都不算結束

《灌籃高手》

電影《當幸福來敲門》是改編自在美國紐約、芝加哥、舊金山等地都有分公司的賈納理財公司執行長克里斯・賈納的真實故事。他原本過得比任何人都悲慘，卻依然朝著夢想前進、不放棄希望，他的故事令人印象深刻。在擁有上億財產之後，他在一場演說中這樣說道：

「人生賽局在逆境來臨之前是不會開始的。我也曾有過覺得實在撐不下去、想要放棄的時候，那時我就告訴自己從現在這個位置再開始。

世界上最大的禮物就是自己給自己的機會。我雖然無家可歸（Homeless）但卻並非沒有希望（Hopeless）。」

給自己機會的人生！多麼帥氣的話啊。經常看到很多人因為害怕他人評價而侷限自己，在還沒開始做之前就感到膽怯，因為他們信心不足，也不夠了解自己。我們要有認為自己一定會成功的信念，懷抱希望堅持到底，但請記得不要太執著於貪慾，有時適度地放手是必要的。

不久前聽說了韓國自行車國家代表隊選手金元慶的故事。她已有十多年資歷，光在大小賽事中拿下的金牌就有六十八枚，令人瞠目結舌。她對金牌的執著和挑戰仍持續著，最近在加拿大米爾頓參加完世界盃第三場比賽，她分享了在那裡發生的奇蹟。她在預賽中排名第十七名，本以為自己會被淘汰，換下車衣後卻接到晉級消息。原來大會先前規定預賽前十六名才能進入決賽，今年開始規則改成前二十六名都可參加。她比了兩個項目，在爭先賽拿到了第三名的佳績。

　　她能如此竭盡全力創造奇蹟的原因是什麼呢？就是從頭到尾相信自己，並給自己機會。在預賽結果出爐、拿到十七名時，她心中曾閃過「再怎麼掙扎也沒用」的消極想法，但很快地，她又修正成正向的想法，「這是為了給我更好的、是為了給我最好的」如此反覆告訴自己。在想著不行了、想要放棄的一瞬間，她又從當下的位置重新開始。就像克里斯‧賈納說的，為了守護自己。

　　我們喜歡看運動競賽的其中一個原因，便是不管何時都有逆轉的可能。如果一直到最後都不放鬆，或許就有機會擊出最後一擊，反敗為勝。人生也一樣，若能有逆轉的機會該有多好。逆轉是因為在前面的過程中努力而實現的，還有就是給直到最後都沒有放棄過自己的人禮物。

　　在《灌籃高手》中也有類似的情況。湘北高中在與高中籃球中最強的山王工業進行比賽時面臨危機，湘北隊伍──包括主角櫻木花道──當時陷入了苦戰，當大家都認為會輸球的時候，安西教練開口了。

安西教練：「只有我認為還有機會贏球嗎？」

櫻木花道：「吼，你不放棄是嗎？」

安西教練：「到最後一刻都不要放棄希望

放棄的話，比賽在這一瞬間就結束了。」

　　改變的希望不是別人給的，而是取決於自己，所以不應該放棄。不要忘記，比賽結束的瞬間，不是因為有人按鈴終賽，而是參與比賽的人棄權了。只要不放棄，就有充分逆轉的可能性，就算只有那麼一秒。

　　堅持到底不只用在運動賽事上，我們的人生也一樣，就像傳奇的美國紐約洋基隊捕手尤吉·貝拉曾說過的話：

　　「在比賽結束前，都不算結束。」

到最後一刻都不要放棄希望。
放棄的話，比賽在這一瞬間就結束了。

第十個故事

回到初衷

《名偵探柯南：偵探們的鎮魂歌》

我一直認為我過著領先於其他同齡朋友的人生。不，應該說是賺到了時間。我沒有唸幼稚園，虛歲七歲那年直接進入小學就讀，加上我不是一、二月出生的孩子*，所以跟不少同學生日差了一年以上。

我十九歲上大學，二十一歲那年就進入電臺開始社會生活。而大部分的朋友當時正值彷徨之

---

*註：韓國年齡以虛歲計，小一的入學年齡應為虛歲八歲，而新學年的開始為三月，因此一、二月生的孩子就是同屆最小的。作者七歲入學算是提早一年。

際，不知道自己未來的路在哪裡，重考、重修的朋友不少，有人還不知道要做什麼就乾脆延畢繼續留在學校。在那個時候，要找尋持續一生的工作，以年齡來看其實還太小，但是我相信自己會以電臺企製的身分過一輩子——至少當時我堅信不移。

剛開始工作的時候，我只要踏進電臺心裡就很興奮，那是一種夢想成真的心情。看許多彷彿和我生活在不同世界的藝人，和他們一起共事很有意思，像是學習的延續，我好像不是來工作，而是拿了錢來參觀的。

一般來說，剛開始覺得新奇有趣的事，在反覆循環熟悉之後，人就會不自覺怠惰。但企製的工作很難讓人產生惰性，因為必須不斷進行新的節目。雖然工作充滿新的挑戰，但若遇到無法承擔的事，自尊心也會崩潰。

就在工作了七年多左右，我面臨了一場大危機。當時手邊進行的節目性質與我並不契合，我越來越無法負荷，時常感到莫名的痛苦。就像齒

輪咬合不正，轉動時總是嘎吱嘎吱地很不舒服，如果繼續下去，肯定會出大問題。不合的齒輪一直硬著頭皮轉動，久了就會毀壞變形，當下的我一度不知道如何是好，後來才決定停下來，鼓起勇氣重新整理我人生的拼圖。

在人生中，有時候會覺得齒輪好像裝錯了，例如做著不適合的工作，或是錯誤的婚姻，都會讓人感到痛苦。如果痛苦指數已高漲到一個程度，我們還要繼續下去嗎？還是要重新選擇呢？不管哪一種決定，後果都是自己必須承擔的。

有一個朋友結婚後又離婚了。以前人們會說忍耐是美德，但現在大部分人普遍能理解，畢竟當事人要做出那樣的決定並不容易，可以感受她在做出決斷之前有多掙扎、多苦惱。在生活中的痛苦和困難面前，人不會輕易放棄，但如果覺得實在不對勁、或已經感到不幸福了，就應該認真思考是否該持續下去。

這世上沒有完美的東西，
一定有一處不是或溢出

是要強行推進，把一切都搞得一團糟；
還是重新整理，回到正常狀態再努力趕上，
全都取決於個人。
你只是在害怕而已。回到初衷吧。

《名偵探柯南》中，被灌下可疑藥物而變成小孩的柯南，一一解決各種事件。在柯南的台詞中我既能得到安慰，有時又有如醍醐灌頂。

當發覺自己好像越走越不對勁時，不要無視那種感覺，先停下，回到一開始的出發點，這樣或許可以預防接下來出現的事故。不過這一切沒有正確答案，都是選擇的結果。

所謂人生，並無所謂誰跑得比較快或慢，因為人生並不是一場比速度的賽跑。不管何時，只要感覺不對勁，就鼓起勇氣停下來重新開始。用屬於自己的步調生活，就能感受到充沛的幸福。

這世上沒有完美的東西。
一定有一處不足或溢出。

召喚回憶

情緒，我自己選擇

肩負著悲傷而活

小小舉動帶來的效果

比起預知未來，更重要的是活在當下

超越悲傷和痛苦

面對不想面對的人時

歸根究底一切都是愛

所謂愛

每天寫感恩日記的力量

CHAPTER

3

鍛鍊感情肌肉

第一個故事

召喚回憶

《永心》

風，你從哪裡來？

花，你要往哪裡去？

我從哪裡來，又要往哪去？

人生，是什麼？

幸福，是什麼模樣？

孤獨、悲傷、煩惱，有誰知道我的苦楚？

我想愛，想愛某個人。

空虛。什麼都沒有的世界，我空虛的心，我是誰？

　　對十四歲的永心，我一直有百分之百共鳴的

感覺，因為她和我十分相像。透過《永心》，很多人都會和我一樣想起學生時代的回憶。

　　我的童年是在鄉下度過的，直到中學畢業才到稍微大一點的城市去讀高中。那個對一切都不適應的高一春天，我到現在都還忘不了。

　　風吹得讓人心煩意亂的四月。有天中午休息時間過後的第五節課是美術課，我們要在宣紙上畫畫。因那天是我喜歡的歌手的生日，於是下課後我拿了毛筆在宣紙上寫信。當時我拿著寫好的信盯著窗外發呆，腦海中茫然地展開想像的翅膀，完全沒有意識到第六節課開始了，腦子裡繼續想著喜歡的歌手。突然，我感覺有什麼東西朝我飛過來，是粉筆。這時我才回過神。

　　就這樣，我被叫到講台，老師叫我把手中信的內容唸出來。在還不熟悉的同學面前，被國文老師羞辱了，還被叫去教務處訓話。而後那位國文老師對我的嘲弄持續了三年。

　　可我沒有停止對那名歌手的喜愛。雖然在地

方縣市唸高中，但只要有機會，我就會不辭勞苦地去參加那名歌手出席的活動，例如廣播節目的公開錄音室等等。曾經被人們推擠、撞倒過，也曾差點錯過回家的末班車。

其中最好的回憶，就是有次參加地方廣播電臺所舉行的歌唱比賽，我唱了那名歌手的歌曲拿到第一名。當時第一名的獎品是那個年代還很稀有的呼叫器，那對我來說真是歷史性的一刻。高中曾被國文老師嘲弄而痛苦的那段回憶，也隨著時間流逝，沒那麼難過了。

永心也有喜歡的歌手，她會在上課時偷偷在筆記本上寫下心願，在腦中開始幻想，偶爾也為人生苦惱。在故事中，永心還與自己喜歡的歌手單獨見面，一起兜風呢。

而我則是日後在電臺工作時，與受邀擔任節目嘉賓的那名歌手見面了。以前只能在電視上看到的人，沒想到真的出現在我面前。親眼見到一直很喜歡的人是什麼心情？可謂百感交集啊，當時我還因為太慌張，連事先準備好要說的話都忘

了，整個人就像凍僵了一樣愣愣站著，現在回想起來也是一段難忘的回憶。

小時候喜歡卻無法直接接觸、無法立即擁有的東西，對此產生了憧憬。但是長大後才知道，比起遙不可及的想像，我更喜歡身邊熟悉的東西。相較於電視上出現的那些完美的人物，能在我身邊一起呼吸、牽手的人更好。

從前以為與眾不同的東西才能帶來幸福，所以我一直在尋找特別的東西，後來才發現原來幸福就在身邊，在熟悉的日常中和偶爾能帶來小小愉悅的事當中。

永心喜歡的歌手最後和永心的姐姐結婚。永心說道，

「我的王子在哪裡？正在做什麼呢？
十四歲清新的永心在這裡啊！」

十四歲，真是非常清新單純的年紀，是可以尋找夢中王子的年紀。有時會想起那時期的回

憶，諷刺的是，經過歲月洗禮，現在我仍會為當
時憂心的問題感到苦惱。人不會輕易改變這句話
真是貼切。雖然現在不比當時純真，但不可否認
的是，我更成熟，也擁有更堅實的自信。

情緒，我自己選擇

《小熊維尼》

有一天，我和一位外國朋友一起去電影院看電影。我們的位置正好在正中央，兩旁都有人。坐下後不久，朋友離席去了趟洗手間，當他走回座位時不小心被放在地上的包包絆了一下，害得隔壁觀眾的可樂灑了出來，兩人都驚慌失措，忙不迭地互說對不起。朋友匆忙問了對方聯繫方式，但這時電影剛好開始播映，交談便暫時終止。

沒想到電影結束要散場時，對方不準我們離

開，並把電影院經理找來。他表示對詢問聯繫方式這事感到不高興，要求我們道歉。不論是誰的錯，總之是發生了意料之外的事故，即使朋友委婉解釋，對方仍以感覺不好為由，找了電影院經理來處理，那個經理也很無奈，表示不便干涉客人私事。

朋友第二天凌晨就要坐飛機去美國，仍堅決表明自己會留下聯絡方式，配合後續處理，但是對方一直不相信，不收下電話，只繼續僵持要求道歉。心急的朋友頻頻表示歉意，對方還是認為我們沒有誠意，一路糾纏，甚至還叫了警察。

四名警察來到現場聽了事件的始末，也說這不是他們能介入的問題。其實警察也覺得對方行為讓人氣憤，根本無法理解，讓我們浪費了兩個小時的時間，留下不愉快的情緒。

明明不是很嚴重的事，卻可能會讓人心情變糟。就像鞋子裡有一粒沙，雖然很小，但卻讓人感覺渾身不舒服，其他事也做不好，影響自己的情緒，甚至連帶影響別人。在《小熊維尼》中維

尼曾這麼說道，

「有時最小的事物，
卻佔據心中最大的空間。」

那個小小的事物，如果是可以帶給我幸福的事該有多好？那麼幸福就會變得很大。可是通常在心裡佔據最大空間的往往是不好的事，還會影響我們無法做應該做的事。

仔細想想，我似乎常為了那些小事消耗太多能量，歸根究底那都是因為不愛惜自己，就像朋友在電影院中發生的事一樣，讓別人來左右本人的情緒。原本平平靜靜的，在其他人做出影響我情緒的行動後，就會把注意力都放在那件事上面，反覆循環，憎惡、憤怒等情緒逐漸產生。毫無理由地。

在領悟到這一點之後，我決定由我來主掌自己的情緒。無論別人如何激怒我，只要不接受那些情緒就行了。客觀看待發生的狀況，而不是用情緒去面對。

　　無論何時、在什麼情況下，我的情緒都由我
自己作主。

有時最小的事物，
卻佔據心中最大的空間。

第三個故事

肩負著悲傷而活

《小甜甜》

在《小甜甜》中，主角小甜甜就算身處困境也一直保持樂觀開朗。她身邊有斯文溫和的安東尼，安東尼也總是溫柔地對待小甜甜。遺憾的是，小甜甜後來被扣上小偷的罪名，發賣到墨西哥，兩人因此分開。再之後小甜甜成為阿德烈家的養女，再度與安東尼相逢。就在兩人似乎要邁向幸福之際，安東尼卻不幸墜馬身亡。小甜甜傷心欲絕，成天悲傷度日，這時阿利巴先生對她說道：

「妳要一輩子這樣過日子嗎？」

背負悲傷的不僅僅是妳，
要堅強，小甜甜！
妳要找到妳自己的生存方式。

　　或許大家都曾經經歷過感覺全身都被悲傷蠶食的時期。有時是因為遇到意料之外的狀況，有時則是不知所以然、莫名其妙地心中就充滿負面情緒。每個人所感覺到的傷痛大小和模樣都不一樣，不能相提並論，但不可否認，失去所愛之人的悲傷是巨大的。儘管如此，我們還是要努力活下去，即使肩負著痛苦。

　　悲傷這種情感一旦產生，會讓人變得無力，什麼都不想做。該想著「過去的歲月無法挽回，今後也不會有任何改變，我們不應該陷在那種情緒中，必須盡快擺脫。」打起精神，回到日常好好過自己的人生，但是心已經故障了，難以照自己的意向運作。

　　有人說當陷在悲傷中掙扎時，人要變得堅強，找到自己的生存之道。其實從某種角度來看，這不盡然是對的，或許盡情地悲傷後再放手

更實際。不管是什麼樣的情感，一旦深陷進去，人們都會勸說要趕快擺脫，但我覺得正好相反，在痛苦、傷心、疲憊的時候，我們可以盡情沉溺其中，讓自己靜靜地感受一陣子，不需要硬撐著假裝沒事。

　　我也曾有過沉浸在悲傷中動彈不得的時候。那時因為討厭這樣的自己，所以掙扎著，強迫自己無論如何都要盡快走出。是一個朋友告訴我不用硬逼自己，深陷其中也不是壞事，當充分感受深淵，才會產生一躍而起的力量。當然這段過程會很辛苦。

　　於是，我再也不迴避我的情感了，選擇直接面對，在觸底得到真正的治癒後慢慢恢復。

　　就那樣自然而然地起身，像什麼都沒發生過一樣，以全新的心境展開自己的人生。在自己的時間裡，用自己的方法。

　　真正感受、掏出、表達情感，才能治癒，否則非但無法長出新的皮肉，更會成為終身無法癒合的傷口。

　　每個人本來就可能為了不同的情況難過或痛苦。本來覺得不在意的事，在某一瞬間想起來就會像刺梗在心裡，情緒突然湧上心頭。這時就充分感受吧，等時間過去，感覺稍微好一點時，再慢慢地把悲傷、痛苦的情緒洗淨就行。情感和肉體也需要時間淨化，如果我們的人生就是要肩負悲傷前進，就掏出、表達，然後覆蓋上新的皮肉，人就是這樣變堅強的。

妳要一輩子這樣過日子嗎？
揹負悲傷的不僅僅是妳。
要堅強，小甜甜！
妳要找到妳自己的生存方式。

第四個故事

小小舉動帶來的效果

《奔跑吧！哈妮》

　　有一天早晨，我的手機突然無法使用，一直嘗試還是無法開機。它不曾摔到，也沒另外下載什麼程式，實在不知道出了什麼問題。手機故障很麻煩，會影響工作，於是我急忙拿去修理。維修中心職員說道：

　　「人累了需要休息睡覺才能恢復，手機也是一樣。開機充電的話，手機內部還是會一直運作，若太勉強就會停止功能，所以偶爾應該關機讓手機休息一下比較好。」

　　我根本沒想過手機也會感到疲憊。現在的人好像跟我不太一樣，說不定比起自己的身體，他們更重視手機。連機器都會因為過度運作而罷工，那麼人呢？如果過度工作沒有休息，身體當然會有疲勞的反應。不過身體歸身體，我們的心也需要好好照顧，身體和心是一起的。

　　我們應該對自己的心敏感一點。不舒服時身體會立刻反應出來，但是心理反應卻不容易被察覺。或許覺得鬱悶、痛苦、會有苦惱，這時，我們要樹立比現在更有力量的自我意識。當「無力感」這種病毒滲透到我們體內時，會讓我們像突然停止運轉的手機一樣，什麼都做不了。除了強化自我意識，也可以學學《奔跑吧！哈妮》裡的哈妮，有一個讓自己感受到希望的存在。

> 哈妮：「有時我會想用力地跑。
> 跑到喘不過氣來。
> 那是想起媽媽的時候。
> 哪怕是跑到天邊的盡頭也好。」
> 洪教練：「是啊。教練有時也會那樣。
> 感覺鬱悶的時候盡情奔跑，心裡就很痛快。」

　　對哈妮來說，媽媽是唯一的希望，也是存在的理由。想著在天上的媽媽，尋找讓自己跑下去的動力。媽媽是哈妮人生中的活力源泉，跑步也是。

　　當遇到心情不好，或因一時無法解決的事而鬱悶時，我不會坐在家裡，我會出門，或到山上去，什麼都不想，就單純不停地走，走上大概一個小時左右，如此一來，身體和思緒都會感覺變得清晰有活力。事實上，活動身體會增加體內的血清素，有讓人心情變好的效果。

　　當情緒感到疲憊或心累時，不要用刻意忘記的方式解決。也許瞬間遺忘可以逃避不愉快的情緒，暫時感受幸福，但也只有當下而已。我們應該拒絕那種誘惑，即使麻煩也要讓自己邁開腳步，這樣反而能更健康地找到解決問題的方法。

　　我們總是曝露在來自家人、朋友、或工作職場的壓力中，而我們要做的就是不要因壓力而浪費感情，在生活中創造屬於自己或許微小但具行動力的意識，就算只是到附近散步或跑步，藉此

細細感受自己的情感也是好的。調適疲憊和鬱悶
的心情這種事無法依靠別人幫忙，可是只要一個
小小行動，就能讓心情產生變化。

比起預知未來，更重要的是活在當下

《藍色小精靈》

　　如果能預知未來的事會怎樣呢？那樣就不會感到鬱悶了吧。不過我們就不會去挑戰任何事物，也會因為即將發生的事而預先為自己設限，過上小心翼翼的人生。不過預知未來還是很吸引人的一件事，所以人們會去向那些可以告訴我們未來的人探詢。

　　我也曾荒唐地想過「如果有一顆可以預見未來的水晶球」該有多好？像在《藍色小精靈》中出現的小笨蛋一樣。小笨蛋在幫精靈老爹挖草藥

時，發現一項特別的東西，那是一塊可以預知未來的石頭，小精靈們都覺得很神奇，個個都想知道自己的未來會怎麼樣，這時老爹對小精靈們說道，

> 「雖然沒有什麼危害，但你們不要忘了，
> 小精靈，未來是由你們自己創造，
> 而不是從石頭裡出來的，不要沉迷其中。」

　　偶然有個機會去到賽馬場，我發現賽馬的人比想像中還多。他們貢獻週末，睜大眼睛盯著電子螢幕，一邊在紙上做記號，為自己下注的馬加油助威。待結果出來，反應會分成兩種，不過大多都是嘆息聲。這對第一次接觸賽馬文化的我來說是個新世界。

　　我也想試試看，於是看著電子螢幕一邊問旁邊的大叔，但大叔劈頭就說：「不要玩賽馬！」那位大叔賽馬已經三十年了，當初是因為覺得光靠死薪水對未來一點保障也沒有，抱著想多賺一點的想法開始玩。這當中雖然贏了錢，但也輸很多，而現在就算想收手也停不下來了。

　　常聽到人們說要早點為未來做準備，尤其這社會大家都想過比別人更好的生活，這所謂「更好的生活」指的就是「富裕的生活」。在資本主義社會，凡事都與金錢有關係，所以人們不管是買樂透，或是投資比特幣等虛擬貨幣，用那些被歸類為投機的方法，為不安的未來做準備。有時會感覺我們好像只是為了未來而活在現在。雖然為未來努力並非壞事，但當下不好好地過，一心只在意未來也是件很悲哀的事。

「雖然關心未來會如何很重要，但我們活在現在啊。」

　　精靈老爹對小精靈們這麼說。這話讓我很有同感，因為我們活在當下。過去我的想法、選擇和行動成就現在的我，現在的思想和言行舉止結合在一起決定我的未來，那些都會在未來如實體現。不要因為對未知的將來感到不安和焦慮，而折磨現在的自己，應該要專注並享受當下，讓現在的自己更好。在反覆瑣碎的日常中發現幸福，那樣的生活本身就很富足了。

　　我也曾因為對未來感到茫然和不安，而忽略了現在的生活，但是當我重新把注意力放在讓現在的自己幸福這件事上，在某種程度上對未來的不安感也逐漸消失，反而因為現在的滿足產生了自信。

　　一夕之間得到十億會很幸福沒錯，但那畢竟不是現在擁有的東西。如果對現在的自己感到不滿足，即使擁有想要的東西也不會幸福。如果認真專注於現在該做的事、自己喜愛的事上，不久就會發現本身的心態改變，世界也跟著改變，同時可以描繪出自己想要的未來。未來多麼精彩，此刻活在當下的我就是證據。

關心未來會如何很重要，
但我們活在現在。

第六個故事

超越悲傷和痛苦

《萬里尋母》

現在回顧二十多歲時的自己，其實有很多難過和痛苦的事，眼裡的淚水似乎沒有乾過。為了忘記那些苦痛，我忙著到處見朋友，渴望從他人身上得到安慰，卻未能關心自己，沒有把真正重要的事放在優先順位。當然這當中也有快樂和開心的事物，但沮喪、憤怒之類的負面情感似乎仍一直跟隨著我。

不是要辯解，但所有事情都是第一次經歷，所以格外傷心和痛苦。不知道自己想要什麼，迷

失了方向，感受到許多不知所措的狀況。不過在悲傷和痛苦背後也會有好事，也領悟到，當那類的事遇多了，情感就會變得遲鈍。

當沉痛的浪潮襲來，會掙扎著想擺脫。當下會因為太痛苦想要放棄，但後來我知道就算不掙扎，事情也會過去。而且那些試煉不是平白無故發生的，每個人都會遭遇考驗，如果太急切尋找擺脫的方法，或許會弄巧成拙。

《萬里尋母》的故事背景是在義大利熱那亞，主角馬可小時候就與母親分開。當時有許多人為了賺錢必須與家人分開，馬可的母親也是如此，她得自己一個人搭船去南美洲工作，在與馬可分開時，她這麼說：

「在漫長的人生中，
每個人都會有痛苦和悲傷的時候，
然而有人會超越自己的痛苦和悲傷，
成長為堂堂正正的大人。」

對於還很需要母親的小馬可來說，離別充滿

了哀傷。媽媽說的那些話在孩子耳裡太難懂也難以接受，雖說等他長大成人，經過很長很長的一段時間後，或許就可以理解了。

人生中覺得什麼是最辛苦的呢？大部分的人應該會說是錢和健康，還有人與人之間的關係。擁有時覺得還好，但失去時就會感受到極大的痛苦。

如果負面情緒永遠不要來就好了，但人生不會如我們所願，一定會有遇到困難的時候。這時我們應該一步步跨越，把那些經驗當作成長的一部分，大膽邁步向前。超越自我界限並不是只有運動員才能做的事。

我從二十出頭開始喝原本入不了口的美式咖啡，當時覺得自己征服了人生。原以為自己絕對做不到的事情，竟在不知不覺中克服了。除了甜味，我開始明白苦味，懂得包容，然後逐漸長大成人。

當難過的事情發生時，不持續陷在那樣的情

緒中，並且能跨越、成長及成熟，這就是成為大
人的過程。這樣長大成人是一件非常棒的事。就
像鑄鐵一樣，必須把鐵燒熱才能變得堅固。用那
種力量讓自己的心更堅強，如此一來，帶著笑容
回憶往昔的日子一定會到的。

第七個故事

面對不想面對的人時

《科學小飛俠》

電影《黑豹》講述的是一個國家的王室權力之爭。國王有著維護國家和平的信念，卻突然出現了爭奪權力的人。有人對著這位欲以武力和暴力統治全世界的人說道：

「你充滿憤怒和憎恨，我們不能侍奉這種人為王。」

從兒時就帶著憤怒與憎恨長大的人，其成長背景會造就其具有被害意識和自卑的心理，最終可能將自己情緒發洩到其他人身上，造成傷害。

　　這種角色不僅存在於電影中，有時也會出現在我們身邊，即使表面上看不出來，但經過幾次相處對話就會發現。如果可以不用與無法溝通且自私的人打交道最好，但通常不大可能那樣，若剛好對方是職場上司或家人，那麼壓力更重，因我們沒辦法無視他們。那種無法以常識來理解他們的言行，不時給別人造成傷害的人，內心大多是有所缺乏的。

　　這不是自己擁有什麼、欠缺什麼的問題，那種人把所有時間精力都沉浸在過去受到傷害的深淵裡，埋怨別人，並一心要報仇。

　　發生在我們身邊那些感到委屈的事，其實都與自己的想法有關。若一心只想著委屈、鬱悶、憤怒，只會讓自己疲憊不堪。不管再怎麼不滿，若是自己無能為力的事，最好還是盡快調整心情，將不好的情緒轉換成正面能量，不要深陷其中。

　　過去讓我受到傷害的人，我也曾憎恨他們，但在那種情緒中，只有我自己爬不起來而已，於

是我轉變心境，努力超越憤怒的情緒。我讓自己
擁有更寬廣的心胸，心靈豁達了，想法也變得更
寬闊，這時再回頭看那些讓我憤怒的人，只覺得
他們的行為很可憐。不管對方怎麼樣，只要我自
己改變就可以了。

　　我不再浪費時間被那些試圖傷害我的人無法
理解的情感籠罩，那種人是不幸的。我訓練自己，
讓自己對於無法感到幸福的事，毫不猶豫地清
除、放棄；對自己無力改變的事不堅持，接受對
方原本的樣子。

　　人們總是喜歡善惡對立的故事，以惡毀滅世
界的人和以善拯救世界的人交手，最後邪不勝
正，心懷惡意的壞人想要稱霸世界，卻自取滅亡，
諸如此類的情節。

　　在《科學小飛俠》中，惡魔黨在亞馬遜建立
基地並開發新型核彈，結果卻自爆消失了。這時
鐵雄這麼說了：

「雖然很遺憾，但說實話，

敵人確實很難對付。

如果沒有爆炸，美麗的亞馬遜就會消失⋯⋯」

　　不要去教化那些無法溝通和視自己為敵人的人，也不要浪費精力去對付那些給自己壓力的人。心裡充滿憤怒和憎恨的人，本身就不好受，不需要我們費心對付他們。

　　不要再與那些令人痛苦的事糾纏，把時間用來思考能讓自己幸福的事吧。只做會幸福的事，這就是我面對討厭之人的處方。當我心中都是感激和幸福時，世界就會發生變化，這時才能真心地把話說出口，像科學小飛俠一樣。

我們喜歡地球～這美麗的地球！

我們喜歡地球～
這美麗的地球！

第八個故事

追根究底一切都是愛

《機器人跆拳 V》

對於平時不熟悉的領域，如果經常聽到和接觸，自然而然也會產生興趣。所知即所見，對於原本就充滿好奇心的我來說，若有什麼我無法翻越的牆，那大概是美術吧！因為從小就不擅長，所以一點興趣都沒有。

但這堵牆也有被打破的時候。記得第一次到海外當背包客，就是去歐洲旅行一個月。當時印象最深刻的是親眼見到梵谷的畫作。梵谷的作品遍布歐洲各地，特別是荷蘭的梵谷博物館裡收藏

最多他生前的畫作，我透過畫了解他的感情世界，真是一次新鮮又神祕的經歷。

　　當時的感動一直在心裡迴盪，回到韓國後我開始廣泛涉獵關於梵谷的書籍，對他產生了興趣和熱愛。不過說到梵谷，就不得不談他的感情世界。梵谷在愛情中掉進泥沼，陷入巨大的失望和挫折中，他與尤金妮青澀愛情告吹，之後他向表姐凱表白，又遭到拒絕，於是畫了一對情侶在庭院中漫步的模樣，將情感寄情於畫布，成為日後有名的《埃滕花園的記憶》。

　　一八八〇年夏天，梵谷將自己對「愛」的想法寫進信中寄給弟弟西奧。

　　「那是一種深刻而真實的愛，是朋友之誼，是手足之義，是情人之愛。正是愛至高無上的力量才能打破這無形的囚牢，若沒有愛我們跟死了沒什麼兩樣。在愛復活的地方，人生也會復活。那個囚牢是偏見、誤會、致命的無知，以及懷疑、偽善的另一個名字。」

　　我相信，當一個人真誠深刻地去愛時，本身也會改變。是愛發揮並成就了人的價值。

　　以前認為只要心裡有愛，即使不做什麼努力、不表現出來對方也會明白，但真正經歷過相愛分手的階段，回想時才領悟，或許對彼此的愛就像給對方的影響一樣，沒有自以為的那麼深刻。

　　因為只想要甜蜜的愛情，所以一遇到難關就直接放棄，後來才明白，真正的愛情不是只有甜蜜，還會感受到其它情感。不是找一個完美的對象來愛，應該是在相愛的過程中互相變得完美。在交流中了解彼此，或許有些缺乏的地方，但彼此可以互補，在這樣的過程中才會產生真正的愛。能夠打動人心、改變人心的是溫暖的愛，而非訓誡和鞭策。

　　在《機器人跆拳V》中，機器人瑪麗受創造她的卡夫博士影響，加上嫉妒英熙，於是偷走機器人跆拳V的設計圖。雖然瑪麗做了壞事，但是小勳和英熙還是努力理解她。此時瑪麗感受到了

人類的溫暖與愛，改過自新，不惜犧牲自己也要
救尹博士。

> 瑪麗：「雖然不是很明白，
> 但我好像從英熙和小動那裡學到了愛，
> 我想成為有血有淚的真人類。」
> 尹博士：「讓我們在光明的世界裡
> 實現妳的夢想吧。」

　　我們的身體不是由 0 與 1 編碼排列組合而成
的，體內流著溫熱的血。最終打動人的，是出自
於熱血的愛。愛能讓人改變，感謝流著血的人類。

　　突然有種熱血沸騰的感覺。

第九個故事

所謂愛

《木偶奇遇記》

「我觀察了二十分鐘。你一直看著她，一會皺眉、一會哀傷、一會又笑⋯⋯感覺魂都飛了。」

這是電視劇《我的黃金光輝人生》中，男主角痴痴望著女主角的模樣被朋友發現時，朋友嘲弄的話。男子一開始否認自己對女子有好感，回覆「我才沒有那樣的心思，我對她沒興趣。」但是沒有什麼是一開始就可以下定論的，因為人心總是不斷改變的。最終，男主角和女主角墜入愛河。

愛一個人不就是這樣嗎？眼裡只有對方，看著她時而疑惑、時而傷感、時而不自覺感到愉悅。愛是絕對無法用一種感情定義的，看著對方產生喜歡、同情等情緒，有時當然也會生氣，愛會讓人感受到這些複雜的情感，而最終對方所感受到的也會透過我的心情傳達出來。

「所謂愛，
就是由別人的幸福決定我幸福的美好景象。」

《木偶奇遇記》中這樣定義愛：雖然可以自己決定自己的幸福，但仍由別人的幸福決定我幸福的這種現象，稱之為愛。不是築起高牆獨善其身，而是互相影響。

愛這個美麗的名字讓人們進入彼此的領域互相影響，但在感受的同時，守護愛也同等重要。來自不同行星的人相遇後，仍必須努力認識、理解對方，因為每個人感受到「愛」的點都不一樣。

蓋瑞・巧門在《愛之語：永久相愛的祕訣》中，將愛的語言分成五種，分別是認同的話語、

在一起的時間、收受禮物、相互奉獻和親密接觸，每一種都是兩人能否感受到彼此感情的巧妙關鍵。如果說把別人的幸福當作自己的幸福便是「愛」，那麼掌握彼此所感受到的愛，好好維持也是個不錯的方法。在人際關係中，溝通是非常重要的。

以我為例，我對給予肯定的「言詞」格外看重。有人誇獎、認可我時，我的自尊心就會提高，所以肯定的話對我來說就是表示愛的方式。這不是指其它東西不重要，只是我更加在乎這個部分。

雖然愛的表現很重要，但同時，擁有獨處的時間也同樣需要被重視。有人會認為愛就是要與對方共度所有時間，可那種方式會讓我覺得自己不被了解和尊重。愛並不是把自己的標準代入框住彼此，而是在一定的程度上配合對方的條件。也許這就是慢慢把自己築起的高牆推倒的過程，兩人在一起互相配合，逐漸成熟。

我以前對愛情的態度不甚成熟。因為我不完

美，所以覺得應該找個完美的人去愛。我所構築的完美理想型就像一件衣服，希望找到穿起來最合身的人。但真正愛一個人不會事事都美好，你會看著他皺眉、哀傷、傻笑，並甘之如飴。彼此相互配合、影響，讓原本硬邦邦的尖角磨成平滑的圓。

我想現在，我似乎已經準備好去愛了。

第十個故事

每天寫感恩日記的力量

《小熊維尼》

　　當產生值得感謝的事情時，我們會表達出來，但有時沒辦法立刻表示的情況下仍希望表現，那就是祝福。因為那份感謝的心意，說不定會有更好的事情發生。就像歐普拉說過，她每天都寫「感恩日記」，那可說是她的成功祕訣。我們也可以試著從小地方實踐來轉換心境，改變狀況。

　　懂得感謝可以為自己帶來快樂和幸福，不過始終保持這樣的態度並不容易。說起來感恩是不

是也應該成為一種習慣呢？不如趁這個機會，每天寫感恩日記試試看，不要有負擔，哪怕只有一小段甚至一句話，也要好好寫下來。

　　我也是從幾年前開始寫日記，並養成習慣一直持續到現在。每天睡前回顧一天發生的事，簡短寫下心情。即使是不怎麼特別的日常，也能找到值得感恩的事，或許只是微小而平淡的部分，卻能讓人帶著愉快的心情入睡。

　　1. 感恩晴朗的天氣。
　　2. 感恩今天很順利下課了。
　　3. 感恩朋友來訪。

　　就算是如此微小的感謝，只要每天堅持下去，內心就會覺得越來越幸福。習慣性的感恩會使人體內分泌腎上腺素、腦內啡等幸福荷爾蒙，讓人渾身充滿幸福的感覺。

　　在寫感恩日記之前，這些平凡小事都被我當作是理所當然的事情，但自從養成習慣後，我開始覺得呼吸的每個瞬間都值得感謝。我特別對

《小熊維尼》中維尼說的話產生共鳴。

雖然不可能每天都很幸福，
但幸福的事，每天都有。

不可能每天都幸福，但若仔細尋找，快樂的事真的每天都有。若要說在寫感恩日記前和後有什麼變化，那就是現在無論發生什麼不順的情況，都比較不容易沉溺其中，或讓自己的心情受到影響，可以客觀地看待事情、控制情緒；以前會因為別人做出無法理解的行動，讓心情變得一團糟，但是現在不會了；遇到不講理的人或狀況時，不再被情緒左右，而是把焦點放在如何解決事情上，同時從裡頭尋找值得感恩的事，因為我相信在任何情況下，都有可以學習的地方。

寫感恩日記的習慣在人生中發揮了很大的力量，因為如果不能改變狀況，至少我可以改變自己的心境。

要說人生總是由一連串意想不到的事件延續而成的也不為過，但記得不要被那些意外牽著

走，迷失了原先的方向，只選擇讓自己幸福的事才是智慧。養成寫感恩日記的習慣可以幫助你維持這種生活態度。

　　每天發現生活中值得感謝的事，才能更好地主宰自己的情感。現在我成了感恩日記的歌頌者，真正成為我人生的主角，而且每天越來越幸福。

雖然不可能每天都很幸福，
但幸福的事，每天都有。

CHAPTER
4

生活達人

第一個故事

找尋真正喜歡的事

《灌籃高手》

　　我想當電臺企製的理由很簡單，純粹對那個世界很好奇，感覺那裡就像充滿了有趣、愉悅和冒險的遊樂園一樣，有各種神奇的東西。但實際進入那個世界還不到一個月，我的期待就被無情地打破了。電臺也是平凡人工作的地方，需要看上司的臉色，也是個在職場關係中有各種角力、容易彈性疲乏的一般職場，有時還會變成一個不知何時會發生事故的戰場。遇到直播節目時現場總是處於緊張狀態，還需要二十四小時待命。不過儘管如此，比起平淡無事，這樣的環境還是很

有意思。

當企製是要「寫」的人，有人這麼説，作家是用文字來讓別人對自己著迷。不過諷刺的是，雖然想成為電臺企製，我卻不怎麼喜歡寫作。寫作對我來説並不算困難，但我其實沒那麼喜歡。當我領悟到這一點時，甚至開始對寫作產生了恐懼。

所以在二十初頭的年紀時，我把注意力放到了其它事情上。我想嘗試不同的經驗，到處涉獵、學習，特別是學習其它國家的語言，像是英語。我獲得了 TESOL 資格證*，想嘗試用有趣的方法來教英語，於是我把喜歡的音樂劇和英文結合起來，教學生英語音樂劇。後來偶然有個機會，我開設了英語補習班。

某天，有位媽媽帶兒子一起來補習班諮詢。

媽媽：「我兒子數學很好，但英語太差了。」

---

* 註：英文外教，為 Teaching English to Speakers of Other Languages 的簡稱。是指向母語非英語者教授英語的術語。

　　兒子：「我討厭英語，為什麼要我做我不喜歡的事。」

　　媽媽：「把不好的成績提高，這樣才有辦法上大學，不得不這麼做！」

　　普通的英語補習班班主任會對媽媽說的百般同意，「那當然！英語很重要，我會讓他達到平均以上的成績。」無論如何先讓學生報名再說。但我卻說出意料之外的話：

　　「這位媽媽，與其叫孩子集中在做不好的事情上，不如讓他原本拿手的事變得更好，您覺得怎麼樣？」

　　這就是我教育思想。其實我也不只一次思考過，補習班也是商業活動，本應該以事業性思維營運，我為什麼總是從教育考量著手？這樣下去會離賺錢越來越遠啊。

　　要找到自己會喜歡一輩子的事很難，很多人年紀不小了卻還是不知道自己擅長什麼、喜歡什麼。想想，如果我們找到喜歡的事時，有人能稱

讚自己、鼓勵自己，會有什麼變化呢？如果我們不要只專注於把不會做的事提升到標準之上，而是把能量用在我們本就拿手的地方，又會怎麼樣呢？因為把大部分力氣放在自己不會的事上面，到後來可能連原本擅長的也生疏了。根據投入什麼領域，我們人生的展望也會有所不同。如果將自己原本擅長的事發揮得更加出彩，不僅人生更快樂，還能提高自信心。不要像調色盤一樣東湊一點、西湊一點地把各種顏色都混在一起，應該將固有的顏色調得更飽和。

雖然我曾自豪地認為自己一直都在做想做的，但本質上我還是錯過了一件事。經過長時間的徬徨，我終於知道自己真正想要的是什麼，那就是「寫作的生活」。

我以為自己不喜歡寫作，但是我在寫作的過程中找到了我的自尊和自信心，我了解到這是我一輩子都要做的事。回顧過去，因為常覺得很多人經營得比我更好，所以一心認為我「應該要再多累積一點經驗、讓自己更完善，然後賺很多錢……」對真正應該集中關注的事上猶豫不決。

為了找到自己真正喜歡的事情，每個人經歷的過程都不一樣。人氣漫畫《灌籃高手》中的三井壽就是如此。

三井在中學時是前途無量的籃球希望之星，在安西教練的感召下來到湘北高中打球，但不幸地，他在練習途中受了傷，於是自暴自棄，走上歧途。即使如此，三井還是無法放棄對籃球的熱愛，來到安西教練面前懇切地說：

「教練，我想打籃球。」

比起灌籃高手中的其他主角，我對三井更能產生同感，因為他也是經過漫長的徬徨，才找到自己一生傾注熱情的事物。許多描寫人生的電視劇裡，比起一路順遂，充滿曲折變數的人生更能引起同溫層共鳴，也能給予觀眾一定程度的動力。

有些臺詞雖然簡短，卻蘊含了很多意義，足以激起火花。三井重新回到球場上，雖因體力不濟而感到吃力，但他卻拋出比任何人都美麗的弧

線，投進了三分球。

或許我們會對流逝的歲月感到後悔，但更重
要的是現在。在確認找到自己想要的那一刻開
始，需要的即是對自己的信任，及不放棄的心。
三井在不安中找到了最能讓自己發光的寶石，延
續了自身的信念。回到球場的他肯定過著最幸福
的生活，享受不同於以往的刺激。

我最近也覺得寫作很刺激。

今天特別好奇當年來諮詢的那個男學生現在
怎麼樣了。

第二個故事

真正的教育精神

《鬥球兒彈平》

　　當年管理補習班時，曾有個長得漂亮、性格有點特別的女學生。不管什麼事她都想成為大家關注的焦點，常常隨心所欲地指揮朋友們，是個不管以什麼方法都要表現的女孩，就連附近其它補習班的同業也對那個孩子嘖嘖稱奇。

　　有一天，同年級的學生們聚在一起為準備學校考試進行聽力評量。測驗得像學校模擬考試一樣進行，錄音檔會連續播放兩次。負責的學生重覆按下播放鍵，待題目播放完畢讓大家作答，但

那個女學生表示自己還是沒有聽清楚，要求再放一次。負責的學生表示按照規定無法做到，那名女學生立刻火冒三丈，當場把考試卷撕了，並大喊：

「我想怎麼樣就怎麼樣，我奶奶都聽我的！」

明明不是該炫耀的事，那個女學生卻一副很自豪的樣子。

我指正了那個學生的錯誤，接著與她的家長通電話。女孩的母親似乎對自己孩子的性格不太了解，因為孩子是由奶奶照顧長大的，很寵溺孩子。

在教育學生的過程中我感受到一件事，那就是孩子們本身具有教育也無法改變的性格。曾遇過一個仍就讀小學的學生，卻有著成熟的性格和關懷他人的品德，讓我深受感動。看到那種孩子心情總是很好。但社會上也有只為自己著想、自私自利的人。

　　另外我還領悟到，若想經營補習班，商業上的考量需要比教育精神更多一點。孩子們的人生很珍貴，但沒必要對他們產生「想改變他們一生」的宏大願望，若以那樣的教育精神去做，無論是在精神上還是肉體上都會相當疲憊。不過，畢竟這種事依循的是自己的信念，比起商業考量，我更注重教育精神，所以還是照我原先的方式經營，最終結果就是自己身心俱疲。

　　儘管如此，我的教育精神依然沒有改變，我揚棄只求孩子取得高分的教育──孩子還在成長，不適合追求成績的灌輸式教法──而是讓他們透過各種體驗來培養自己的價值觀。孩子應該多經歷、多體驗、多認識，而大人只需要為他們提供一個可以用各種方式了解自己的基地，在這裡公正客觀地看待每個孩子。

　　《鬥球兒彈平》裡頭，正在進行躲避球比賽的彈平，表示他如果不給投出龍捲球的對手御堂嵐狠狠一擊，心裡會不痛快。看著氣憤地恨不得撲上前去的彈平，大家都勸他不要輕舉妄動，但彈平媽媽卻冷靜地對他說：

媽媽：「對，就是那樣，
這不是職業選手的比賽，
但希望你們能正面奮戰到最後。」

對於子女來說，沒有什麼比父母給予的肯定
更重要了。但是，如果子女犯錯，父母就應該正
確地指出問題，只有這樣才能讓孩子成長，不因
為是自己的孩子就掩蓋錯誤。

當御堂嵐試圖把球扔向因手臂受傷而倒下的
彈平時，他的父親這麼說道：

「住手，這就是你的排球嗎？
堂堂正正的打球才是比賽，
擊打已倒地的對手贏得勝利，
你的媽媽會開心嗎？」

堂堂正正地用自己的實力去挑戰，將這種價
值觀深植孩子心中，這比起苦惱該送孩子上什麼
補習班更重要。教導孩子為自己的人生畫下藍
圖，培養誠實、不虛偽的信念，才是我認為的真
正教育精神。這種精神足以成為人生的指南針。

媽媽:「對,就是那樣。
這不是職業選手的比賽。
但希望你們能正面奮戰到最後。」

第三個故事

遇見伯樂

《奔跑吧！哈妮》

相信許多韓國人到現在還是難忘 2002 年的世界盃足球賽，那股熱情讓韓國國民團結在一起。回想當時，印象最深刻的應該是朴智星選手進球後奔向希丁克教練擁抱他的畫面。

朴智星在自傳中這樣描述與希丁克教練的相遇。

「據說人的一生中至少會遇到三次改變人生的機會。如果這句話是真的，那麼我與希丁克教

練的相遇不就是最好的證明嗎？」

　　希丁克教練曾對朴智星選手的精神力給予高度評價，並預言他將在世界級的舞臺上踢球，提高了他的自信心。對朴智星選手來說，與希丁克教練的相遇是命運，也是改變他人生的轉捩點。

　　希丁克教練和朴智星可說是師徒。人若是能像千里馬遇到伯樂一樣，遇到能夠了解自己潛力的導師，人生就會發生改變。那樣的人生導師可以看到一個人的潛能，用熱情激發他，引導他走向成功。成長必然會有痛苦，導師可以適時地給予一些中肯的建言。只有嚐過苦，才會知道什麼是甜味。

　　目前為止，應該只有一位可以稱為我的人生導師。大部分有名的人，在實際接觸了解之後，常會發現他們與期待的模樣不同而感到失望。同時，除了他們的名氣之外，似乎感受不到他們具有正向經營幸福生活的態度。比起虛名，對生活真誠的態度更讓我覺得尊敬。

　　出社會之後，我在快三十歲時為了好好學習

音樂劇，又再次進入學校，就在那時遇到了我的
人生導師。其實當時我還抱著當演員的想法，卻
一直提不起勇氣，好不容易才決定修習演技課程
試試看。

音樂劇是無法獨自一人完成的，團隊合作非
常重要。我當時被賦予了編劇的角色，是那位教
授發掘出我可以看著樂譜寫出好歌詞的才能。

教授一針見血地指出了我覺得有意思、卻沒
想過能發揮專長的事情。他時而溫柔鼓勵，時而
尖銳指正，讓人感受到他真的灌注許多心力在幫
助我成長。雖然他現在已不在這個世上，但我想
說，就如同朴智星選手與希丁克教練，能遇見那
位教授是我一生中最棒的事。

能有幸遇到這樣的導師，真是非常大的祝
福，因為他改變了我的人生。遇到一位能發掘我
真正價值的老師，就會讓人產生不倦怠的熱情和
信心，並有驚人的成長。在《奔跑吧！哈妮》中，
哈妮也有這樣一名導師，那就是洪教練。看到哈
妮在想念媽媽或憤怒時爆發的力量，洪老師低聲

說道：

> 「這傢伙忘了嗎？只要下定決心就一定會贏。
> 難道不生氣就跑不動了嗎？
> 我比任何人都清楚妳有天賦。
> 哈妮，我知道。
> 妳是個在任何狀態下都能奔跑的孩子，
> 在妳心中充滿愛的時候也是。」

　　再怎麼有才能，如果缺少具有慧眼、能點燃熱情的導師，學生就無法成長。人生導師有能力看到學生的內心。如果已經遇見了那樣的伯樂，是一件值得感謝的事；如果還沒，希望我可以成為某人的伯樂。

　　為了有一天能成為某人的人生導師，今天我也要努力奔跑。

＊砰

妳是個在任何狀態下都能奔跑的孩子，
　　在妳心中充滿愛的時候也是。

第四個故事

在崗位上竭盡全力

《科學小飛俠》

　　我曾經認為，與老人相處是世界上最困難的事，也對韓國深厚的家族情懷有過不以為然的想法。但後來偶然來到老人福利館教英語，改變了觀念，至今仍持續做著這件事。

　　起初認為與長輩相處是件難事，總是刻意迴避不必要的接觸，但現在已經可以很自然地與老人家們像朋友一樣對談交流，因為我發現，與其把對方完全當成長輩，凡事遵循禮數相待，不如偶爾開點小玩笑，輕鬆應對。不管什麼年齡的人

都有像孩子一般純真的模樣。

　　每次上課點名時，我都會大聲喊著長輩們的名字。某天我發現，一位每次都坐在第一排、從來不缺席的老人家，連續兩週都沒來上課。當時剛迎接新的一年，我心想春天時應該就會來了吧，卻沒想到另一位老人家過來悄悄對我說：

　　「把他的名字劃掉吧，前天去世了。」

　　我一時驚訝地說不出話來。那位老人非常活潑，平常還會自己開車。他的臉孔從我腦海中閃過。

　　想起了去年點名時，那位老人家笑著說：

　　「如果平常很用功的學生突然沒出現的話，就是不在這個世上了。妳明白就好。」

　　每次面對死亡都覺得難受，要承認並接受某個人永遠離開身邊是件很艱難且痛苦的事。不過換一個角度想，或許死亡並不一定是那麼悲傷的

事。每個人都會面臨死亡，何時出生可以推算，死期卻無法預測，所以人們總是祈禱在離開之前可以完成想做的事，不要留下遺憾，希望可以沒有白白走人生這一趟。在死亡面前，帶著這樣的想法生活，每一天都變得彌足珍貴。

人不是隨隨便便誕生在這世上的，每個人都有各自的使命，只是不知能否完成。鞠躬盡粹、死而後已，人死了一了百了，留下來的人往往承擔更多。活著的人或許應該盡快接受一切，送亡者離開。人已逝，只是途留悲傷，畢竟人生還得繼續，不要沉浸在悲傷中太久。亡者的離去，或許能督促人們對接下來的日子更用心地生活，那麼亡者的名字就會一直被記著。

我想起在《科學小飛俠》中，為守護地球和平而不幸在戰鬥中逝世的大明。

大明在勇敢地戰鬥後離去了。
現在該放下了。
他並沒有死，他會永遠活在我們心中。
不要忘了他的精神。

　　就像那位老人一樣，先離開的人，仍舊活在留下的人心裡。那些竭盡全力守護自己人生的人、完成使命的人、盡情做自己熱愛的事之後離開的人，他們都被存放在留下的人心裡頭。

　　沒有比被遺忘更悲傷的事了，將他們放在心中回憶吧。那些盡最大努力生活的人，會永遠留在人們心上。

第五個故事

生活達人

《小熊維尼》

　　小時候我是個內向的孩子，內心充滿熱情，但不善於表現。我的童年在鄉下度過，常覺得平淡的生活環境很悶，所以總是望著天空想著，我不要安於現狀，我要走向更廣闊的世界，實現我的夢想。

　　神奇的是，童年那些想法真的影響了我的未來，讓我現在過上自己想過的生活。在當時並不知道，都是後來回顧，才驚訝小時候想的事情長大後竟然實現了。

　　夢想成為電臺企製，就成了電臺企製。事實上我想過如果踏入媒體領域，也許會遇到一次改變人生的機會，例如陪朋友去參加電視劇試鏡，結果偶然被製作組發掘;或是原本擔任工作人員，卻因緣際會成了演員這一類逆轉人生的例子。也曾心想或許有一天接受採訪時會說出:「原本是無心插柳，沒想到會變得這麼有名」這種話吧。但這樣的偶然並沒有發生，我只是平凡地過著一般人的生活，不是在臺上光鮮亮麗，而是在幕後默默工作的人。

　　老實話，我想取得成功，也想出名。我認為那些有名的人都是偶然間抓住了機會，我希望我也有機會遇見別人遇見的那種偶然，改變人生。我真的希望自己可以不用那麼努力，能直接坐上特快車到達目的地，但是我也明白，機會是給準備好的人，給確定自己想做什麼，並為此每天認真生活的人。

　　韓國知名諧星李敬揆在一次採訪中談到成功時這麼說了:

「想成功的話，繼續過同樣的生活就行了。老實說上了年紀就沒什麼人可以依靠，是要依賴後輩，還是找前輩？能夠相信的其實只有自己而已。必須自己控制自己，在反覆的生活中找尋答案。一週一週地重複同樣模式，就像規律運動會鍛練出肌肉一樣，持續以同樣的模式生活，這麼一來，我們會在某一瞬間感覺到『啊，我好像進步了』。把對錢的慾望、對名氣的慾望、對人的慾望都拋開，像個聖人一樣過日子，那就是成功了。」

其實這是我們聽過很多遍的真理啊，問題在於持續行動不容易。那麼只朝一個目標，忍住不耐與厭煩，反覆努力，一切都能成功嗎？這點或許《小熊維尼》可以告訴我們答案。維尼雖然善良正向到有時讓人覺得很傻，但遇到危機時卻能說出冷靜果決的話：

「雖然努力不一定總是能成功，
但是成功的人都努力過。」

那些努力了卻沒有成功的人，也許是設定成錯誤的方向，可以重新思考這是不是自己該走的

路，這些只有經歷過才能明白。只要確立適合自己的方向，不斷努力，相信最終會達到想要的成果。

千萬不要心急，凡事都有先來後到。急功近利不會馬上成事，循序漸進踩好每一步，不知不覺就會抵達目的地。當然堅持每一步都不容易，但只要專注在當下做的事情上，就會自然地成為生活的一部分。小熊維尼提道，

「河流知道，
即使慢慢地流，總有一天會到達終點。」

像流動不止的水一樣生活，循序漸進，就算不趕路也能到達目的地。

朋友問我最近有什麼煩惱，我想了想，似乎沒什麼煩心事。可能是因為我對生活的心態已經改變了，以前對一點小事也會在心中糾結、耿耿於懷，但現在決定不再牽掛那些讓我感到不開心的事，只專注在那些讓我幸福的目標就好。就算規律且重覆的生活有些無聊，但這正使我成為我人生中真正的達人。

河流知道，
即使慢慢地流，
總有一天會到達終點。

第六個故事

選擇障礙

《銀河鐵道 999》

「要繼續唸研究所？還是就業？」
「要繼續待在這間公司？還是離職？」
「要繼續住在這裡？還是搬家？」

　　人生的路上彷彿擺了數百萬種選擇，有大有小，在每個瞬間都要做出決定。面對這種時刻，總有人會猶豫不決，就像我，因為覺得一旦做出選擇，就要堅持到底，因此總會躊躇不已。每當看到不為抉擇苦惱，不管什麼事都可以立刻選擇並付諸行動的朋友，心裡真是羨慕。為什麼我總是如此徘徊不定呢？

　　近來很常出現「選擇障礙」這個詞彙，形容人在選擇的十字路口，因無法決定而痛苦的心理。會出現這種流行語，足可證明很多人都有類似的煩惱，不是只有我有這種難題，讓我稍稍感到安慰。不過人生總不能一直處在這種狀態中，如果每次都為抉擇而苦惱的話，會消耗太多精神。做不了選擇，對其它事物也無法集中，只是增加被浪費掉的時間而已。

　　大體上，選擇困難的人會乾脆把主導權交給他人。例如，吃東西時，明明自己有想吃的東西，卻還是會顧慮別人；買東西時一定要得到他人認同才會結帳。買小東西先問朋友，像電子產品那樣高價的商品，甚至會先選好再打電話得到別人認可。雖然都只是些小事例，可一旦養成習慣，那麼在重大決定時也會去問別人意見。透過別人來確認自己的選擇，這通常是對自己沒有信心的表現。

　　有人認為在選擇面前猶豫不決，是因為想太多，但也許是不想做出錯誤的選擇吧。

　　有時候會怪罪自己考慮得太多了，這時就要

多訓練自己做決定，不要害怕自己內心的聲音，好好判斷。

另外，做決定時總是習慣聽從別人的意見的人，也可能是因為不想承擔後果，若結果是不好的，那就可以推卸給別人。照著別人的意見選，就不需要獨自苦惱，但如果完全由自己主導，就要考慮很多面向，還必須為結果負責。看《銀河鐵道 999》裡的星野鐵郎，我可以感受到那種迫切。

為了得到免費的機械身體，鐵郎必須和梅德爾一起搭上銀河鐵道 999 前往安達羅星雲。啟程前，梅德爾對鐵郎說：

「一旦踏上旅程就再也不能回頭。如果中途下車，就會永遠在未知的行星上徘徊，最終死亡。」

鐵郎當時沒有追問詳情，只是開口說道，

「我的未來我自己決定．

「我不想聽他人的命令，
就算會因此失去生命我也不後悔。」

　　因為非常迫切，只能相信自己的選擇，對這個決定不會感到後悔。

　　幾天前我又面臨到必須做選擇的狀況。我很猶豫要不要進修，內心認為這是件非常必要的事，但問題在於這費用不是一筆小數目，讓我遲疑，心裡卻發出聲音，一直告訴自己必須去做，如果因為錢而放棄的話，我會獨自浪費很多時間。猶豫不決的我又習慣性地想傾聽別人的意見，然而這時，我好像聽到鐵郎在對著我說：

「人生的選擇不需要交給別人。」

　　心知肚明卻仍難以下定論，只有行動才是答案。於是今天我做了決定，要跟隨我內在的聲音，選擇進修。同時，從現在起，當我選擇時不再先探尋別人的意見，而要照著內心的聲音做選擇。我會持續這樣訓練自己，因為我知道，如果一直遲遲做不了決定，只徒增煩惱，而答案卷永遠是一張白紙。

第七個故事

人工智慧的應用方法

《海底兩萬哩》

　　有個朋友從事翻譯一行很久。她沒有出國留學過，英語卻說得像母語人士一樣好，出社會後擔任翻譯至今已十年了。與她認識的過程有點特別，我們是大一時在網路上聊天認識的。當時正是千里眼*、NOWNURI *以及 HITEL 等電腦通訊系統開始流行的時期。

　　當時只要一聽到「嗶」一聲，就代表進入線

上聊天的新世界，我曾沉迷其中好一段時間，高中時在清州唸書的我，還與在首爾的一位女生成為了筆友，努力敲鍵盤互相寫信，甚至到現在我仍記得她的名字和大部分信件內容，但我們從來沒見過面，這樣的日子一直到升上高三，因為課業自然而然就斷了聯絡。現在回想，是學生時代一段快樂的回憶。

與當時相比，現在的科學技術又進步許多，當時根本無法想像電子產品只有手掌大小，還可以隨身攜帶。人工智慧與人類展開對決，具有人工智慧的機器代替人類做了許多事，為生活帶來便利，但隨著其高速發展，各行各業中都出現隱憂。機器可以代替人做的事越來越多，多數的工作崗位可能會消失，那麼人要靠什麼來維持生計呢？

朋友說翻譯工作會受到打擊。將來電腦能輸入自行翻譯的資料，而且還不受著作權的規範。我想最終人們會因自己為方便而建立起來的系統蒙受損失吧。人工智慧可以代替人類做的不僅僅是服務和配送，需要創造力的寫作或製作音樂說不定未來也都能做到，還可以篩選品質，將最好

的展現出來。

　　在《海底兩萬哩》中，隨著科學發展，世界也同時出現許多問題。故事中亞特蘭提斯真正的國王尼莫船長與想要毀滅人類的卡格伊對抗，善與惡的對立是增加戲劇性的主要因素。主角娜迪亞的哥哥尼奧年幼時在戰爭中死亡，被卡格伊改造成機器人，並重新復活成為傀儡。直到最後的戰鬥，尼奧找回了自己原本的記憶，這時卻遭到卡格伊的射擊。

　　　　尼奧：「太愚蠢了，
　　是誰把我的身體變成金屬？」

　　卡格伊切斷供給尼奧身體的能源，使尼奧一瞬間無法動彈，但隨後，他又奇蹟似的行動了。卡格伊無法置信，

　　卡格伊：「怎麼會……這種不合科學的事……
　　難道說人類的意志可以超越科學的力量嗎？」

　　對科學的思考，以及科技的發展，都是出於

人類的需要。創造出來的東西也許更出色，卻反而威脅到人類的生活。不過還是有些科學無法解釋的，就是人們的意志，那是人工智慧再怎麼發達也無法擁有的。

《海底兩萬哩》中有位叫約翰的人，他信奉科學，認為科學就是一切。然尼莫船長卻認為，科學就像一把雙面刃，必須妥善運用，且只將它用在好的地方。人類製造的東西，也應該好好管理和控制。

人工智慧下所出現的產物確實具有比人類更出色的功能，但控制功能的是人類。我們不需與之對抗、征服，而是應該以主導的意識正確控制它們。

在《海底兩萬哩》中試圖利用科學征服世界的惡棍卡格伊，為了獲得力量源泉藍寶石而不擇手段，但藍寶石的能力最終回到娜迪亞身上，娜迪亞利用那股強大力量拯救珍愛的人。

愛與幸福的情感並不存在於人工智慧之中，我們活在這世上靠的不僅是物質上的便利，更重

要的是內心深處感受到的愛、喜悅、幸福、悲傷
與痛苦等情感，這些情感會成為超越科學的力
量，所以從現在起，不要再對未來的人工智慧時
代感到恐懼和不安了。

第八個故事

真正的贏家是懂得認輸的人

《森林大帝》

　　音樂劇《媽媽咪呀》中有一首歌曲,名叫《The winner takes it all》。從曲名中可以看出意思:贏家拿走一切,而失敗者只能在一旁自怨自艾。這首歌原本說的是分手,具體來說是關於離婚的故事,但是格外讓人有共鳴,或許是因為我們正活在贏家擁有一切的世界吧。

　　不管是人還是動物,都存在著弱肉強食的現實,而人類更會為了自身利益毫不猶豫破壞自然生態。看《森林大帝》可以得到許多這方面的啟

示，故事中主角雷歐正大肆批評著威脅叢林生態
的人類。

「雖然動物為了生存會互相殘殺，
但人類更狠毒。
毫無理由地殘殺，跟戰爭沒什麼差別。」

這是個為生存而互相狩獵搶食，勝者拿走全
部的世界。為了成為勝利者、為了活著而彼此踐
踏，為了不落人後而費盡心思，不顧其他一心只
想到自己，世界就是這樣變得冷酷薄情。

有贏家就有輸家，勝利是踩著失敗站起來
的，這意謂著我們必須不斷地與他人比較，凡事
都要贏過別人。難道人生最重要的就是不顧一切
往上爬，而非真正為自己而活嗎？

也許贏家真的可以拿走一切，這句話在任何
關係中都適用。如果把人生當作一場遊戲，那麼
其中必定有輸有贏，而內容可以是關乎愛情、友
情、權力和名譽等的鬥爭。

　　在愛情中，愛得比較少的人是贏家；在友情中，得到比較多的人贏了；為了獲得名譽與權力，把別人拉下來才算成功。人們都這麼説，唯有踩著他人往上爬才能得到勝利，即使不願也得這麼做。

　　但是這樣贏了之後，還剩下什麼呢？

　　以前非常憧憬的事，親身經歷後會有很大的不同。我看見那些為了生存而詆毀別人的人，那些醜陋的樣子。我所嚮往的世界並沒有想像中美好，於是比起權力和名聲，我開始更注重在真正「幸福」的人生。我知道有些人表面看來光鮮亮麗，實際上並不快樂。

　　現在這個社會仍是個強者獨霸的社會，正如雷歐説的，在我不知道的其他地方，有很多毫無理由的殺戮正在發生。認清這個事實並感到無力難過之餘，我更想集中精力投入到我的生活裡頭。

　　已經擁有愛情、友情、名譽或權力的人知道

那些其實很空虛；費盡心力踩著別人爬上去的人，
要知道自己取得的成功其實毫無意義。真正的贏
家應該是下面這種人。

不會為了生存、為了讓自己發光而利用身邊
人。真正的贏家是在生活中付出更多愛、做出更
多讓步的人。

不要輕易被一旁煽動鼓吹的話欺騙，比起鬥
爭、不顧一切用力踩踏別人獲得勝利，更重要的
應該是隨遇而安，懂得從容輸掉比賽的氣度，那
種人才是真正的勝者。

雖然動物為了生存會互相殘殺，但人類更狠毒。
毫無理由地殺戮，跟戰爭沒什麼差別。

有時不知道比較好

《龍龍與忠狗》

　　我的父親在我唸高中時在空降部隊服役，曾被派往東帝汶。當時課業繁重，放學後還要留下來晚自習，在學校裡度過的時間比家裡更多，所以對父親的缺席並沒有太明顯的感覺。只是從某天開始，我發現母親的臉上好像隱隱籠罩著憂慮，因為父親已經有一段時間沒有消息了，雖然母親表面上說著「沒消息就是好消息」，盡量不在我們面前露出擔憂。

　　過了好一陣子才知道，原來那段時間父親得

了瘧疾，而且這件事還不是父親本人說的，是他的同袍透露的。父親原本還告誡同僚不要跟我們講。其實就算當時知道了，我們也無技可施，遠水救不了近火。父親不想讓家人只能擔心著急所以選擇隱瞞，等病慢慢痊癒，認為我們還是不知道比較好。

　　人生中到底要知道多少事呢？難道知道得越多就能活得越好嗎？團體中總有一些勤於打探消息的人，有些人則是什麼都不管只顧著做自己的事，這是每個人的性格差異。不過在生活中，應該經常遇到這種情況：到底該不該說？要告訴大家嗎？在說不說的分界苦惱。不過思考一下，會產生這種苦惱是否正意味著說了也沒什麼好處？那麼埋在心裡也沒關係。

　　曾經跟一個朋友 A 交情很好，卻為了某件事漸行漸遠。因為已經認識很久，心裡其實很惋惜我們無法再回到以前那種狀態。後來有次跟另一個好久沒見的共同朋友 B 見面，才從 B 口中聽到之前 A 對我的評論。朋友 B 說：「因為是妳我才說的。」但她轉述的話卻讓我傷心。

如果 B 真的為我著想、希望我幸福的話，不一定非得說些明知我聽了會心情不好、傷心難過的話不是嗎？如果有補救的餘地另當別論，但是對於這個本人也無能為力的情況，那麼有些話就不是非說出來不可。我覺得真正為他人著想的不是話語，而是以行動讓對方知道。就像《龍龍與忠狗》裡龍龍的爺爺一樣。

狗狗阿忠是被前主人虐待後逃出來的，龍龍收留阿忠後細心照顧牠，但沒想到有一天又遇到那個壞主人，壞主人看到阿忠康復又想把牠帶走，讓龍龍又急又難過，因為他跟阿忠已經有感情了。爺爺知道後便去找壞主人。回來後跟龍龍對話的那一幕，讓人聽了很心痛。

龍龍：「爺爺沒事吧？在路上遇到五金店大叔。」
爺爺：「現在沒事了。」
龍龍：「太好了，阿忠。」

「小小年紀的龍龍根本沒想過需要付錢才能把阿忠贖回來。他們每天送牛奶賺的一點錢，光要應付一日三餐就很吃緊，爺爺還需要每天存一點點起來繳房租。為了遵守和五金店老闆的約

定，今天起要在這個小箱子裡存錢。爺爺下定決
心，為了龍龍與阿忠，不管多累，都要拼了命工
作。」

當然龍龍並不知道爺爺那麼辛苦，
什麼都不知道的龍龍心中充滿了幸福

年幼的孩子之所以幸福，正是因為他們不知
道的事很多。孩子們眼中的世界很小，只集中在
自己身上，關心自己擁有的東西，就感到幸福。
但隨著成長，見多識廣，累積了許多經驗，知道
很多可以讓生活過得更好的方法，幸福的感覺卻
比以前少了很多。

龍龍和爺爺生活雖然艱苦，但爺爺把龍龍的
幸福當成自己的幸福。俗話説，「分享快樂會倍
增，分擔悲傷會減半。」有時我們不想讓所愛之
人傷心，所以選擇隱藏一些事，為的就是希望看
到對方開心。有些事不知道反而比較好。

生活在這世上，有時會因為不知道而感到不
舒服，但很多時候，不知道反而是帖良藥。

第十個故事

捨我其誰

《七龍珠》

去年冬天特別冷，幾乎可說是我有生以來感受過的最強寒流，簡直冷到骨子裡去了，很多人家裡地熱的鍋鑪管線因為太老舊或在室外都凍壞了。我住的房子外牆上的水管也因結冰而突然凍裂。我從未想過管線會凍裂，看來這波寒流冷到連水管都受不了。

當時因為家裡突然沒水，我到外面察看才發現水龍頭脫落，水像噴泉一樣湧出。我不知所措，趕緊打電話給物業管理人員，物業那邊卻一直沒

人接聽，情急之下我直接打電話找水電師傅請求
幫助。

「您好，老闆，我家的水管被凍裂了，現在
可以請您來處理一下嗎？」
「抱歉，我要先趕到別的地方去，明天過去
好嗎？」

看來到處都出現相同問題，讓水電師傅忙得
不可開交。幸好原本說隔天才能來的師傅，臨時
空出時間立刻過來幫我修理。他說如果太晚發現
的話，鍋爐的水會結冰，到時會更嚴重。

其實師傅一開始並沒有要立刻過來，因為還
有不少地方等著他去處理，不過我跟他說了漏水
的狀況，強調除了師傅實在找不到其他人可以幫
忙，於是他真的先過來了。想想當時在電話中不
停歇地向師傅表達對他的肯定及需要，應該也有
點幫助。他修好之後又急著趕去其它地方，真是
太感謝了。

相信大部分人也是這樣，在感覺到「非我不

可」的瞬間，身體和心就會行動。如果發現是由別人去做也可以的事，就不是非參與不可。

已婚的朋友們有句口頭禪，家裡有些事，即使會也絕對不要做。因為要是看到妻子全都一手包辦的樣子，那麼丈夫就感覺不到自己存在的必要性了，所以即使知道電燈壞了怎麼換，也要向丈夫求救，更別忘了在事後大力稱讚一番，讓丈夫覺得自己得到認可。這真是主婦的生活智慧。

想想確實如此。在交往時，如果我展現較弱的一面，尋求幫助，男友似乎會更呵護我；可如果我什麼都自己來，看起來很獨立，會讓男友感受不到他的存在感。許多男人口中「了不起」的女人，最後都是孤家寡人。有時安安靜靜地，讓男人感覺到自己的必要性和存在價值，兩人關係也會比較長久。

《七龍珠》中也一樣，悟空與無數惡棍對抗，在強大的幻魔人面前也毫不退縮，那心態與模樣令人感動。

「捨我其誰！」

　　就是這種想法。有時需要義無反顧地站出來幫助別人，有時也可讓身邊的人發揮這種精神，讓別人感受自我存在的價值，並在完成時不吝嗇地給予肯定和稱讚，這才更有智慧。

我不做那要誰來做呢？

週一症候群退散法

看見內在的眼光

超越愛情的責任

讓對方焦急的方法

獲得人心

所謂朋友

話語是想法的全部

關係也要瘦身

一起跳舞的魅力

該守護的東西

CHAPTER
5

酸甜苦澀的人生

週一症候群退散法

《湯姆歷險記》

　　我小時候住在軍眷公寓。從初中開始，週末都在軍人教會彈鋼琴。跟同齡的孩子相比，與軍人叔叔們相處的時間更多。每到週日，還能看到在操場上打赤膊踢足球的軍人叔叔們，可說是青春期時一大享受。女生最受不了、最無法共鳴的三大男人話題：「軍隊」、「足球」、「在軍隊踢球」的故事，對我來說卻是最有趣的回憶。

　　那樣有趣的週末時光總是一眨眼就過了。一到週日傍晚，太陽下山後，我就會莫名地沉入奇

怪的氛圍中，像是做了個幸福的夢之後醒來的感覺。在充滿不捨的週日晚上感受到的症狀，就像預告週一即將來臨的鬧鐘一樣。許多上班族都有的「週一症候群」，我在中學就感受到了。《湯姆歷險記》中的湯姆也一樣，週一早上睜開眼會這樣想，

> 今天又是和平常一樣的早晨，
> 但對我來說不一樣，
> 因為今天是週一，
> 從今天開始要上一個星期的課，
> 漫長的痛苦又要開始了，
> 真希望月曆上沒有週日，
> 因為有週日，
> 所以接下來的週一變得更可怕。

　　國、高中時，我得了嚴重的週一症候群，或許正如同湯姆說的一樣，乾脆沒有週日比較好。不過真的有一段時間，月曆上沒有週日。

　　當時我的父親是空降部隊的軍人。小時候經常和朋友們討論空降部隊和一般部隊有什麼差

異，結論是這樣的：

「簡單來說，戰爭爆發時一般部隊的軍人會
在這裡守護韓國，空降部隊則需要去進攻其他國
家。」

因此空降部隊的訓練難度更高。當時正流傳
著北韓要發動戰爭的消息，軍人們必須隨時做好
準備。根據統計，戰爭多發生在假日而非平日，
於是從那時起，大概有一個多月的時間，包括父
親在內，部隊都在訓練。空降部隊軍人們的一週
不是我們習慣的星期一、二、三、日、五、六、
日那樣，而是週末也得跟平日一樣作息變成禮拜
一、二、三、四、五、五、五。也因為這樣，我
那段時間的週日都沒見到軍人叔叔們。當時我
想，暫時違逆星期排序的生活或許是戰勝週一症
候群的處方。

當然這種日子不可能持續一輩子，因為心裡
的感受會逐漸變淡。無論什麼事，在第一次體驗
時的感受最深刻，可以感受強烈的喜悅和幸福。
然而時間總會過去，隨之而來的或許是空虛失
落，所以要做好心理準備。

　　那麼，湯姆能夠戰勝週一症候群的處方又是什麼呢？就是新轉來的同學貝琪。和貝琪成為好朋友後，湯姆的週一症候群就不藥而癒了。

> 「謝謝您，我和貝琪成為了好朋友。
> 現在，上學都很開心。
> 我喜歡可以看到貝琪的學校，
> 雖然功課不一定會變好。」

　　長大後我反而不再有週一症候群，不知道是幸還是不幸，因為工作採排班輪休的關係，平日與假日的界線消失，不同於普通上班族朝九晚五、週休二日的生活，週六日反而是我工作最忙碌的時候，因此大多排休的週一成了我最開心的一天，「週一症候群」也就不存在了。

　　如果是一般上班族，週一症候群肯定很嚴重。不能換工作，就轉換心境。找一個自己獨有、能克服週一症候群的方法吧。像湯姆一樣有個喜歡的人，那麼上學或上班都會變得很開心，不過對已婚者這辦法就不適用了……那麼就找找適合自己的方式，例如為喜歡的植物澆水。不管什麼都好！

我喜歡可以看到貝琪的學校。
雖然功課不一定會變好。

看見內在的眼光

《名偵探柯南》

　　不久前，一個後輩送來了結婚喜帖。記得她當初與交往四年的男友分手後，一直積極找尋對象，但是越執著，對方就越想逃跑。在兩年的尋尋覓覓中發生了許多事，感受過悽慘的孤獨，也曾像發了瘋似的深陷愛情泥沼。

　　後來她變得很低調，在某種程度上像是放棄了。這時，竟遇到了與自己很合的對象，雖然在身高和外貌上有點小扣分，但她的視線已經不一樣了。拋棄外表，才看見對方的內心，也才順利

地步上結婚禮堂。不過她還是補充一句：

「真的很可惜，身高不到一百六。但他還是很好。」

我們看人都會先看到外表。初期只能以外貌來評價，但經過相處之後，有時會發現對方的內在與外表不同而感到失望，或出現第一印象不怎麼樣，相處後漸入佳境的例子。年輕時接觸的人不多，所以會更著重外在給人的印象。不過隨著各種人生經歷，我們明白展露出來的並不是全部。要強化能夠看見內在的力量，那股力量會帶來巨大的成長。

看見隱藏的內在會有什麼變化呢？來聽聽近代雕塑大師羅丹生前的軼事吧。奧古斯特‧羅丹在踏上藝術家這條路之前，只是一位做雕塑裝飾的匠人。為了維持生計，每天都埋頭苦幹。有一天，一個名叫西蒙的人對正在製作樹葉模型的羅丹說：

「你看到的只有表面的樣子，應該要看到內

在才是。最重要的是無論如何都忠實呈現內裡。」

羅丹聽到後大受衝擊，因為這話喚醒了他不曾想到點子。

一段時間之後的某一天，羅丹與幾個青年相約去爬山，途中被一顆大石頭擋住了路，大夥都面露厭煩之色，羅丹卻覺得那塊大石頭看起來像位「為人生苦惱的年輕人」。他用自己看見內在的獨到眼光開始創作，終於創造出日後不朽的名作《沉思者》，名揚世界。

我以前似乎也是只注重表面的價值，追逐外在看起來不錯的事物，凡事都以看得見的條件與狀況為優先考量。比起人的內心，更注重對方外表。在擁有了那些東西之後卻感到痛苦。當我看到那些真心靠近我的人離去時，我才意識到內在價值的重要性。

「單靠外表判斷是不行的，
就像美麗的玫瑰卻帶刺一樣，
總是看起來漂亮的人，

越無法知道他的內心在想什麼……」

《名偵探柯南》中因吃了毒藥，身體變成小孩的灰原哀說過的話讓我深有同感。其實一直都有人提醒我這個事實，我卻總是聽而不聞，直到親身經歷過才覺醒。而如今，即使明白了也很難立刻改變。

人生取決於你用什麼角度看待。現在我已經知道了，比起人的外在，更應該了解對方的內心；人生不應只追逐看得見的東西，還要去發掘看不見的部分。但不可否認，我還是有自己偏好的外在樣貌，看來我依然是個會被外表迷惑的軟弱之人。

光靠外表判斷是不行的,
就像美麗的玫瑰卻帶刺一樣,
越是看起來善良的人,
越無法知道他的內心在想什麼。

第三個故事

超越愛情的責任

《小甜甜》

　　我曾一度沉迷印度電影，因為印度電影裡有我喜歡的音樂劇元素、舞蹈、表演方式和歌曲。雖然從故事的結構來看，有很多意想不到的發展，但我依然看得津津有味，因為主題大多都是不管在哪皆能產生共鳴的愛情故事。我們透過電影或電視劇來滿足現實中不可能實現的夢想，特別是超越國界、超越時代的愛情故事更為浪漫。

　　印度電影《愛無國界》就是部超越國境的愛情故事。印度空軍軍官維爾在一起意外事故中救

了巴基斯坦官家千金扎拉，不過短短兩天，他們便陷入熱戀。兩人的愛情經歷許多波折，扎拉早有未婚夫，維爾更為了扎拉坐了二十二年的苦牢，最後扎拉回絕原本的婚約，獨自到維爾的故鄉生活。

他們為彼此獻出自己的人生，真是錯綜複雜的愛情故事。兩人相隔二十幾年再度重逢，戀情總算是開花結果。「他們兩人的愛，即使是神也無法斬斷。」看起來很傻卻殷切，可說是展現了美麗愛情的極致。

有人在愛情中賭上自己的一生甚至生命，但也有人即使相愛，卻無法為對方做些什麼。就像《小甜甜》中的陶斯。

有一天，陶斯在舞臺上彩排時，照明燈突然掉落，蘇珊娜看到後竟用自己的身體保護他，結果導致她半身不遂，於是蘇珊娜的母親要求陶斯照顧、陪伴在她身邊一輩子。陶斯心想，

「我已經心有所屬了。」
為什麼不能對夫人說清楚呢？

而蘇珊娜對陶斯說：

「不是因為你的關係才導致的，
我母親不會怨你的。
所以陶斯，不要擔心，好好演出吧，
還有，希望你與那個人幸福。」

但是陶斯仍然陪在蘇珊娜身邊，雖然有真正喜歡的人，但他無法棄為自己而受傷的蘇珊娜不顧。或許真正超越愛情的是犧牲和責任感吧。如果陶斯痛快地選擇愛情，會不會背負更大的罪惡感呢？

在現實中，也有人比起自己所愛，更情願與默默守護自己的人結婚。尤其是與在生病時、家中遭遇困難時陪伴在身邊的人一起共度未來。由此可見，能超越愛的應該是責任感。

　　《愛無國界》和《小甜甜》有著不同的劇情，但共同點都是即使心有所屬也無法兩情相悅。也許當愛情面前出現障礙時，更能激起對彼此的感情吧。經歷過一些戀情後，現在我不再接受會讓自己受傷的愛，但對這一類的故事依然忍不住投入情感、產生共鳴。

「我已經心有所屬了。」
為什麼不能對夫人說清楚呢？

第四個故事

讓對方焦急的方法

《湯姆歷險記》

「讓異性焦急的方法。」一打開網頁又彈出
廣告，上這種欺騙性質文字的當也不是一兩次
了，對於「誘惑異性的密技」、「如何展現魅力」
這類聳動標題的文章，即使知道沒什麼特別內
容，還是會忍不住進去看看。

出於好奇心點開的文章果然沒有辜負我的期
待，將讓異性焦急的方法整理成兩點，我看了好
一會。文章裡說，首先要有自己的主張，不要無
條件附和對方，不喜歡就說不喜歡，這樣才能讓

對方感受你的魅力；第二，不要乾等對方聯繫、不要隨傳隨到，把熱情和專注力投注在自己想做的事上面，表現出可愛的固執，這樣反而更能讓對方關注你。

整體看來，與其說是讓對方焦急的方法，不如說是「過好生活的方法」。其實就是愛自己，努力生活，那麼就會有人肯定我的價值，被我的魅力吸引。

這麼說來，利用對方渴望來達成自己目的的始祖，應該是《湯姆歷險記》中的湯姆吧。他可不是一般人，是個「高手」，在以下的例子中可見一斑。

星期六不用上學，但是湯姆被寶莉阿姨罰去刷油漆。湯姆不敢違抗，只好無奈地往牆上塗油漆。鄰居家的孩子們一個個經過，其中一個叫喬的朋友路過時還故意對湯姆說：「辛苦啦。」

湯姆這時故意表現出一副完全不在意的樣子，故作輕鬆地吹著口哨，好像很開心似的。這副模樣激起了喬的好奇心。

「喂，你為什麼看起來那麼開心？」

「喬，你來啦？抱歉啊，我太投入了沒有發現⋯⋯」

「到底怎麼回事啊？看起來好像很有趣，快告訴我吧。」

「有趣的事，就是刷油漆啊。」

「刷油漆那麼有趣嗎？」

「刷油漆當然很有趣啊，
很難得這麼簡單就找到好玩的事呢⋯⋯」

大家應該猜得到接下來怎麼發展吧？沒錯，喬也想刷油漆。

「湯姆，可不可以讓我也試試看？」

湯姆故意吊胃口。

「喬，不好意思，這件事只能我來做。」

「為什麼？」

「因為寶莉阿姨有點挑剔。這裡正對著街道，是會被看到的，如果刷不好的話⋯⋯」

　　湯姆成功地讓友人對刷油漆這件事產生興趣，他把苦差事說得好像很有趣，還讓別人覺得這是件很特別、不是隨便什麼人都可以做的事。朋友被說服了，而且還焦急地想試試。湯姆假裝勉為其難地讓他刷，之後也不忘稱讚，充分展現了「完美說服」的重點招式。

　　唾手可得的東西容易讓人很快就失去興趣，所以要讓事情看起來有難度一點。不過如果太強調難度或太積極讓對方退縮也不行，所以要適度調節，就跟欲擒故縱一樣。我想這應該可以適用於人生所有領域吧。

第五個故事

獲得人心

《七龍珠》

　　要打開一個人的心房是件困難的事。人與人相遇、建立關係，單方面是行不通的。若有個人很難與他人交心，別人怎麼努力都做不到，你卻能順利使對方敞開心扉，那麼你們就會成為彼此心中特別的人。能這樣結交到好朋友或遇見另一半真是非常神奇的事。

　　有時會有打從一開始就無法建立關係、原本非常討厭的人，突然間關係變得很融洽，成為好友的情況。重點不在於對方人好不好，而是彼此

合不合得來。

　　我是個好惡非常分明的人。喜歡一個人會對
那個人非常非常好，但若討厭的話根本連看都不
看一眼。在社會中，這樣極端的個性並不吃香，
最好維持面無表情，不展露自己心情，若輕易將
情感外露，最後吃虧的只有自己。

　　有些人給人印象很好，不用特別做什麼，大
家都會主動接近他。但換作是我，若什麼都不做，
別人就會對我產生誤會。常聽到別人說我「第一
印象有點不好，結果和想像的很不一樣。」截至
目前為止的人際關係，比起別人向我靠近表示善
意，更多的是我主動去接近進而成為朋友。雖是
根據我的選擇而建立的關係，但大部分都是好
人。

　　我在人際關係方面從來沒受過什麼壓力，一
直到二十多歲快三十歲時，初次感受到了這種情
緒。當時重返校園進修，認識了一個同學，我很
不喜歡她，理由是什麼其實我也搞不清楚。雖然
沒好感，兩人還是必須經常碰面，我曾想忽略自

己的情緒卻做不到。而她知道我不喜歡她，她本身也不是逆來順受的人，於是我們在各自的朋友群裡互相詆毀對方。

直到有一天，我們兩人終於互相坦白，結果意外成了無話不談的朋友。想想當初單靠第一印象評價對方，產生大誤會。光看外表無法判斷一個人，當彼此說出心裡的話、坦誠面對會成為一種契機，決定是否能交心，抑或只停留在泛泛之交階段。

在《七龍珠》裡有個角色叫「撒旦先生」，因為這個名字，很多人一開始就不喜歡他，但是他後來向大家證明了不是只有強大的力量才是正義，他被評價為真正的英雄。比克大魔王這樣定義撒旦先生的真實價值。

「當我們被惡勢力想辦法對付壞人等島時，他卻選擇跟普烏交好，撒旦先生是唯一能讓普烏敞開心房的人。」

比克大魔王補充說，雖然他的力量不濟，但

在某些方面，他的確是世界冠軍，讓大家對撒旦先生改觀。

活著的感覺、幸福的感覺，這些是在人與人的關係中所能夠感受到的情感。

這是個無法獨自生存的世界，把某人放在心上，彼此互相影響，也許這就是活著的意義吧。當某人對我來説比擁有天下更重要時，那個人也許會成為我人生的全部。

所謂朋友

《海綿寶寶》

「會在看不見的地方說我好話的人是真朋友。」英國著名歷史學家托馬斯・富勒曾這樣說過。我有一個認識很久的朋友，常常分享彼此的生活，當我有煩惱時總是會向她傾吐，從家庭關係到異性問題，不管什麼都跟她說。

有一天，我帶著剛交往不久的男友去見她，沒想到他們兩人第一次見面就發生衝突，本應和氣融融的氣氛頓時變得尷尬，我夾在中間左右為難。不久朋友先離開了。後來，我從其他朋友口

中聽到她對我的評論。

　　與平時在我面前說的不同，她在背後對我冷酷無情地批評。一想到她與平時判若兩人的樣子就覺得不是滋味。大概就是從那時候開始，我和她的友誼有了裂痕。回顧過去，我對她幾乎毫無保留，將自己的生活和苦惱全都一五一十地告訴她，但是本人坦誠對待，並不代表對方也是真心的。

　　平時不覺得有什麼，一旦出現一點不對勁，就會持續在意，不知不覺間心裡變得難受。原本的小問題，因為執著，讓心中的疙瘩如滾雪球般越滾越大，在言行上也開始出現變化。

　　對於朋友關係，我有個不變的信念，就像《海綿寶寶》中珊迪說的話一樣，

「朋友之間彼此只展示真實的一面。」

　　偶然間認識的人，如果想成為能互相影響的朋友或發展成戀人之類的深厚關係，應該怎麼做

呢？有人會說要先得到對方的心。

只要那樣去做，是不是就不會受到傷害，可以一直維持我所冀望的關係呢？

我認為，如果想成為彼此的摯友，就應該真誠對待。虛偽總有一天會被揭穿，假象無法維持太久。展現真實的一面是因為信任對方，而這種信任在關係中有著關鍵性作用。

看過電視劇《機智牢房生活》後，對友情有了更深的感觸。劇中背景雖是監獄，描述的卻是兩個兒時一起打棒球的好朋友故事。其中一人因故成為囚犯入獄服刑，另一人則是監獄的教導員，他們對彼此的心意，以及為對方所做的事令人動容。當時一起看電視劇的姐姐突然問我：

「妳有那樣的朋友嗎？」

我頓時沒有回答的自信。

本以為長大之後不會再為友情苦惱，但即使

長大成人，人際關係的問題依然沒有止境。我以為我會為了其他更實際、更現實的事情而煩惱，但其實每次糾結的事情都差不多，人可能有反覆的傾向吧。也許你會覺得這部分是人生中最重要的一塊，那是因為每個人在自己的生命中都具有不同的價值。

在深入思考朋友的過程中，對《海綿寶寶》產生了很多同感。海綿寶寶因朋友問題感到疲憊，這時，派大星對海綿寶寶說的話很乾脆。

「朋友之間，哪有對錯？
海綿寶寶，能一直陪在身邊的，那就是朋友了。」

不計較對錯，不作任何評論，一直陪在身邊，彼此互相影響的人，那不就是朋友嗎？

我能成為那樣的朋友就好了。

朋友之間，哪有對錯？
海綿寶寶，
能一直陪在身邊的，
那就是朋友了。

第七個故事

話語是想法的全部

《名偵探柯南》

「你最在意的是什麼？」

「床。我的床只有我能用，不管是誰，連坐都不能坐。你呢？」

「這個嘛……應該是話吧，我對別人說的話真的會很在意。」

每個人都有自己特別在意的部分，有些人可能是屬於自己的空間，有人是私人物品。到了我這年紀，對一般事物的反應已經沒那麼強烈了，唯獨在意的就是別人說的「話」。話不止是言語，

還包含了説話的人的想法。

　　演員們演戲時最重視的部分是什麼呢？就是通過臺詞明確傳達想法和情感。雖然也可以在用字譴詞上説明，但關鍵是要掌握隱含在其中的意念，只有這樣才能理解對話的來龍去脈。有些演員有其獨特的幽默與感覺，是因為他們會訓練自己去理解話語中隱藏的意圖。

　　我有個讓人一看就感覺「美若天仙」的朋友。初次見面時，雖然我也想擁有那樣的外表，但實際上，我本身並不太喜歡那樣的人。一段交談過後，我感受到對方的真誠，與她成為了好朋友。外在形象傳遞的是修飾過的感覺，若沒有交流，是無法完全了解的。

　　要我真正接納一個人需要時間，一旦接受對方，就會全心、真誠對待，給予他人完全的信任。人並非仇視的對象，應該是要去愛的存在。

　　我們談論了很多關於説話的重要性。一句話既能讓人開心，也會給人帶來傷害。可以救人，

也可以殺人。《名偵探柯南》中呈現了我想說的話。

說出去的話是收不回來的，
語言是把利刃，使用不當會成為可怕的凶器，
因為一句不好的話可能會失去一生的摯友，
一次擦肩而過可能就再也見不到了。

被稱為溝通達人的韓國名主持劉在錫所說的「溝通十法則」，尤其觸動我心。

一、人前不能說的話在背後也不要講。背後議論最是糟糕。

二、少說多聽。獨佔發言權只會樹敵，多聽則會有更多人站在自己這邊。

三、不要太亢奮。語調越高只會歪曲掉內容，聲音放低才有力量。

四、不要講好聽的話，要講能留在心裡的話；不要講吸引耳朵的話，要講震撼內心的話。

五、比起自己想講的，多講對方想聽的；比起本人方便表達的，更要讓他人容易理解。

六、少批評多稱讚。如果稱讚是腳，那麼詆毀就

是翅膀。我的話一定會被聽到。

七、比起明顯的話，不如多講有趣的話。要像迪
　　士尼卡通一樣有趣。

八、不要只用舌頭講話，更要用眼睛和表情表達。
　　非語言的元素比語言更有力量。

九、嘴上的三十秒可能成為心中的三十年，我的
　　一句話有可能改變他人的一生。

十、不要隨便講話，一旦脫口而出就要負責。雖
　　然我管束舌頭，但講出去的話會約束我。

　　語言的重要性比我們想像的要大。積極正面
的話或許會隨著歲月流逝，但否定、指責卻會跟
著人一輩子。話本身並不可怕，話裡包含的想法
才讓人掛心。

說出去的話是收不回來的，
語言是把利刃，使用不當會成為可怕的凶器。
因為一句不好的話可能會失去一生的摯友，
一次擦肩而過可能就再也見不到了。

關係也要瘦身

《長腿叔叔》

　　我並不太喜歡看電視，尤其是綜藝節目。可能是因為無可奈何的職業病，偶爾想看綜藝是單純想放鬆，但通常看著看著會開始對節目內容進行分析。從節目的結構到效果，尤其對字幕部分非常敏感。一般要製作一個能引起許多人共鳴的節目，必須具備好的導演、企製、演出者三要素，這裡不得不提到 JTBC 電視台的節目《非首腦會談》。不過有一次在看電視的時候看到內容出現錯字，我還替企製擔心了一下。

　　有一集節目的來賓是歌手鄭容和，他在節目中透露了他在人際關係方面的苦惱。人際關係對他而言就像工作，只是形式上的，就像在消化每日行程一樣。他甚至有一度很討厭和別人通電話，讓我有些許同感。

　　我從小就常為了與他人的關係而苦惱，並不是和別人合不來，而是關於真實性的問題一直困擾著我。雖然相處融洽，但還是會想很多。或許是對朋友多少有些期待和欲望，當出現與期待值不同的結果就會帶來煩惱。在《長腿叔叔》裡的茱蒂也有同樣的困擾。她把心底的話寫在給長腿叔叔的信裡。

　　「叔叔您知道嗎？
大學生活辛苦的不是學習，
而是與朋友們相處的問題。」

　　巧合的是，我以前的英文名字也叫茱蒂，後來因為覺得茱蒂這個名字有點太年輕，就改名為艾麗。中學時老師要我們把自己的煩惱寫下來，我想了很久，提筆寫下「朋友關係」。當時我會

那樣寫是起因於一個很討厭的同班同學，雖然討厭但還是要一起做事，生活中也會持續接觸，這種不自在的感覺只有自己知道。

可令我驚訝的是，班上四十多名學生中，只有我一個人寫下人際關係，其他人寫的大多是成績、未來前途等。我當時就想，為什麼大家連苦惱都是千篇一律的呢？雖然在那個時期煩惱這些是理所當然的事。

我以為我的苦惱過了學生時期就會結束，但我發現，人際關係的困擾在生活中只會不斷持續。不光是我，事實上很多人都在為這個問題煩惱，讓我覺得有點安慰。有報導指出，最近韓國社會普遍反應對人際關係感到厭倦，甚至有放棄與他人建立關係的例子，因為交友會產生精神上的壓力。

那些對人際關係苦惱的人們，或許就是因為在生活中，比起自己更優先考慮別人，只顧著照顧別人，不顧本質，忽略自己的想法，讓心變得一片荒蕪。

　　對關係產生很多想法或苦惱時，不要刻意去解決問題，你需要做的是先暫時抽離其中。應該擺在第一順位的不是與他人的聯繫，而是我們內心的正能量和幸福。在茱蒂的文字中我們可以再度找到答案。

　　　　　我在培養一種美好的氣質！
　　　　儘管寒冷和冰霜會使它低落，
　　但燦爛的陽光又會使它迅速高漲起來。
　　　　我不相信所謂逆境、憂傷或失意
　　　　　　會造就力量的理論，
　　　　唯有幸福的人，才會熱情洋溢。

　　再回到藝人鄭容和的例子，沒有工作時他不與外界聯繫，自己關起門來作曲。我二十出頭的時候，每天都有兩、三個約會，常常與朋友相聚，用心維持與他人友好的關係，但現在也成了世人所稱的宅女。以往把人際關係放在前面的人生，現在需要重新設定。

　　傾聽自己內心的聲音，不要接受逆境、悲傷等負面情緒，然後尋找喜歡、讓人幸福的事，全

心投入。

　　如果內心幸福，就不會執著於任何人際關係
的問題，也不會再追求別人認可，或讓自己屬於
某個族群。放下疲憊的關係，就能擁有屬於自己
的時間。我現在正透過「關係瘦身」來滋養我的
靈魂。

叔叔您知道嗎？
大學生活辛苦的不是學習，
而是與朋友們相處的問題。

第九個故事

一起跳舞的魅力

《小青蛙》

　　我曾學過搖擺舞、騷沙、探戈等舞蹈。當時
看著那些跳舞的人，總是希望「如果我也那麼厲
害就好了」。我當然知道完美的背後需要努力練
習，也曾抱著堅持到底的決心開始學習搖擺舞，
但六個月後就放棄了。想想跳舞還是要有基本才
能，也需要天分。騷沙和探戈也只學一個月就沒
學了。

　　不過我發現這三項舞蹈的共同點，就是無
法自己一個人跳，都是需要兩個人才能跳的舞

蹈。在舞蹈中通常男子為 Leader，女子則是 Follower。顧名思義就是一個人帶領，另一個人跟隨。Leader 舉手投足就像打信號，Follower 則要解讀信號。舞蹈中也存在無聲的語言。

Leader 帶領得好的話，就算 Follower 是新手，也能跳得很好，可以盡情沉浸在舞蹈之中。如果 Leader 還不熟練，那麼 Follower 也必須尊重他，若想照自己的意思跳或甚至越位當 Leader 的話，會打破共舞的協調性，無法真正享受。作為 Follower 需要的是放鬆身體跟隨 Leader。

隨著年齡增長，我對騷沙或探戈這類的雙人舞有進一步認識。跳舞的同時，能夠了解對方的個性。透過手傳遞的力量，可以判斷對方是否會關照舞伴，還可以感受到這人是固執還是隨和的性格。透過舞蹈學習與他人協調、配合。

小時候學的主要是像流行舞蹈或爵士舞等單人的舞蹈，年紀增長後開始對有舞伴的舞種感興趣。或許是發現了與他人「一起」所代表的意義吧，從「我」延伸到「我們」的生活。跳舞中透

過彼此呼吸的協調展現默契，那種愉悅的感覺是最棒的。

在人生中我們也不時需要與他人配合，當彼此形成共鳴時，心中會有一種充實的感覺。如果你身邊已經有這樣的人，那便是件非常幸福的事。開心時可以一起慶祝，遇到困難時也能隨時給予勇氣，《小青蛙》中正有一個這樣的角色——拉娜坦。在彩虹池塘的某個地方，輕輕拂開薄霧出現的拉娜坦，對著有吹笛天賦的小青蛙戴梅坦說：

「你吹笛子，我來跳舞。」

她肯定戴梅坦的才能，鼓勵他做自己擅長的事，同時與他組成完美搭檔。不是要求對方達到目標，而是讓對方可以做自己，並給予最大的配合及肯定。對常常垂頭喪氣的戴梅坦總是不吝惜給予鼓舞，真是有智慧的拉娜坦。

拉娜坦：「我們變創造快樂的池塘。」
戴梅坦：「我現在什麼都不怕了。」

拉娜且：「我也是。」

戴柏且：「一點都不難。」

　　能互相給予正向的影響，成為彼此的力量，有這樣的人在身邊肯定會很幸福。比起一個人跳舞，現在更想和別人一起跳「人生」這首舞曲。

　　創造屬於兩個人的世界，過著不害怕、不疲憊的生活。

第十個故事

該守護的東西

《蠟筆小新：風起雲湧 猛烈！大人帝國的反擊》

　　對常年都是孤身一人在外的父親來說，軍隊
這個組織非常特別。「感謝自己有健康的身體，
才能做這個工作。」軍旅生活三十多年的父親曾
這麼說。年輕時因為受不了軍隊生活，曾經逃離
軍營，回想起來很感謝當時把他抓回去的國家和
前輩。軍中生活並非沒有危機，由於空降部隊的
特性，他有好幾次在降落訓練中受傷，導致腿部
骨折；被派往東帝汶時還感染了瘧疾，在當地吃
盡苦頭。但父親現在依然健康。

　　之前有個朋友在胸部發現腫瘤，後來做了手術，她說自己一個人的時候不怎麼害怕，但想到孩子就完全不同。有著「我要守護孩子！」的念頭，拼了命地想活下去。

　　人若是有想要守護的東西，會發揮比想像中更大的能量，在艱難的環境中拼命生存，都是為了守護最愛。這也許就是父親面對一次次的痛苦時堅持下去的力量吧。

　　想要活下去的理由不一定有多偉大，在《蠟筆小新》中小新的爸爸廣志就是這樣，對覺得當下生活很辛苦的人來說，過去是回憶、是浪漫。《蠟筆小新》劇場版中舉辦了盛大的「二十世紀博覽會」，裡面充滿懷舊的場景，可以讓生活在二十一世紀的人們回到過去。殊不知其美好的景象背後是一群壞人在操控一切，他們製造出一種異味，吸入味道的大人就會變得像小孩子一樣。

　　發覺異狀的小新為了救回父母想盡各種辦法，終於找到解決的關鍵在於「味道」。小新想，如果聞到二十一世紀熟悉的氣味，他們就會

變回原來的樣子，而這氣味就是上班族爸爸的象
徵——難聞的腳臭味。聞了味道的廣志腦中出現
了自己小時候、現在的家庭生活，幸福和辛苦交
織在一起的模樣，廣志終於清醒，與壞人阿健和
茶子對話，

> 阿健：「現現在還不放棄嗎？」
> 廣志：「嗯，我要和我的家人在卡卡生活。」
> 阿健：「真是太可惜了，你的人生真是無趣。」
> 廣志：「我的人生一點都不無趣，
> 我還想讓家人帶給我的幸福分享給他們。」

　　在廣志的人生中，他要保護的就是「家人」；
對小新來說，回到過去的「爸爸」是他想守護的。
他們各自為了要守護的目標拼命努力，那模樣看
了讓人動容。當人們感到迫切時，確實能發揮出
超凡的力量。還有一直追壞人的小新，對茶子形
容「未來又髒又臭」時說的話也讓我印象深刻。

> 「我想跟媽媽、爸爸，還有小葵，小白在一起，
> 雖然有時候，會吵架，但還是想跟他們一起，
> 還有我想快點長大。」

「快點變成大人，
就可以和跟姐姐一樣漂亮性感的
大姐姐在一起了……」

　　果然是讓人無法討厭的小新式想法。雖然會有爭吵，但只要一個理由——「想在一起」，就足夠了。

　　不管守護什麼，雖然有時會感到疲倦，但也能促使自己戰勝難關，因為那些需要保護的東西，我們才能進一步守護自己的人生。

小新：「我想跟媽媽爸爸，
還有小葵、小白在一起。
雖然會吵架、會被罵，
但還是想跟他們一起。」

我的人生一點都不無趣，
我想將家人帶給我的幸福分享給你們。

好孩子情結
不要失去信心
關於內心的真實性
先愛自己
我眼中的自己才是最重要的
唯一相信我的人
親眼目睹和觸摸世界的力量
只要活得年輕，什麼年紀都不嫌老
因為最好的正在來的路上
好的領袖領導世界

CHAPTER
6

人生不是作業是慶典

好孩子情結

《仙履奇緣》

　　大人總說要當個好孩子，於是人們為了成為家長口中的乖小孩，不斷壓抑自己的期待或願望，形成一種「好孩子情結」。捨棄自己的思考，將他人的判斷絕對內化，堅決相信如果自己不善良，就無法得到他人的肯定、喜愛，凡事都看別人的臉色。

　　我也曾有過好孩子情結，因為討厭與別人產生疙瘩，處處配合對方，只要是能接受的範圍，都以對方意思為主，久而久之成了習慣，自己的

喜好也沒那麼明確了，而對方往往覺得一切都是理所當然，還會得寸進尺。其實付出的同時，多少也會希望得到同等的回饋，但受到關照的一方卻常常連這一點也沒想到。

曾有一位朋友，因為不管什麼事我都說好，她就以為任何事都能被理解，常隨意出爾反爾，凡事皆以自己方便為主。有一回，我們約好要見面，在工作結束後前往約定場所的路上卻突然接到她的電話。

「我現在正要過去，不過東西很多很重，人也覺得很累，想想還是直接回家好了，妳覺得呢？」

聽起來好像在問我的意見，但其實她已經都決定好了。想想既然都這麼說了，即使照原定計畫見面，心情也不會很好，我便同意了。

「好啊，那就下次再約吧。」

從國小到高中，不管下雨、下雪，或是身體

不舒服，我都一定準時到學校上課，幾乎年年拿全勤獎。從小就以誠實為最高原則的我，一路都是那樣走來的，但到了大學才知道並非所有人都如此。這都是透過那位我一度以為最親密的好朋友所明白的。

把別人排在自己前面，即使身心俱疲也盡力配合的我，遇到一位徹底把自己放在第一的朋友。她的所有選擇都是以自我為優先，與從小就習慣照顧周遭人、從雞毛蒜皮的小事到影響生計的大事都要煩惱的我大相逕庭。她沒給其他人帶來傷害，所以大家也就默許了她的行為。

偶爾覺得很累的時候，會羨慕她那種毫不猶豫以自我為中心的決斷力。不管她說什麼，我都會回答「好啊，就那樣吧」，因為她一貫的態度和行動，無法對她有所期待。我們之所以會對某人感到失望，是因為懷抱著或多或少的期望，而我對她倒是不會有任何失落。

自我中心、隨時都要成為焦點的人，我們稱之為「公主」，公主身邊自然會有服侍她的人。

比起突出自己，我喜歡盡可能地低調；比起說出自己的意見，我更樂意配合對方，因此從個性上來看，比起公主我更像侍女。

　　與其他女孩子不太一樣的是，從小我就對芭比娃娃和公主遊戲不感興趣。看到喜歡公主故事，還會蒐集相關商品的朋友，總覺得無法理解。不過迪士尼公主的故事卻是例外。小時候完全沒興趣的內容，最近卻非常喜愛，我想是因為故事中傳遞出來的訊息吧。

　　提起《仙履奇緣》，首先想到的是小時候和朋友們一起拍著手唱的歌。灰姑娘失去父母，受到繼母和兩個姐姐的虐待，仍未失去生活希望的理由，是因為已逝母親說過的話深深地刻在她心底。

　　「還有很多人過得更苦，
　　不要失去勇氣和溫暖的心。」

　　幸好有最愛的母親話語支持，灰姑娘沒有被那些折磨自己的人打倒，讓她得已聽從自己的心

活下去。內心堅定、明確知道自己目標的人，即使受到妨礙也不會輕易灰心或崩潰。在能力範圍內盡力去做，同時守護自己。

在為對方盡力付出後，不留下任何依戀和後悔，瀟灑走自己的路，灰姑娘改變了。同時，她溫柔卻堅定地說道：

「我不會再為了迎合別人而活。」

擺脫好孩子情結，現在我也該走自己的路了。

第二個故事

不要失去信心

《小美人魚》

雖然從事教學工作，但同時我也在學習。本以為學到一個階段差不多就結束了，但看來學習是永無止境的。在完成目標後，常常又發現其它事物，又一頭栽進去。我想喜歡學習的人應該都跟我差不多吧。雖然有人勸我停一停，但我學得很快樂，我想我的一生都會這樣過的。

現在的我正在鑽研有關音樂劇演出的領域。諷刺的是，我隔了十年才又重拾書本。當然在學習之後，積累實際經驗，然後再進修是必需的，

不過如果問和以前有什麼不同，那就是現在真的感覺創作的「時機」到了。有時會覺得自己好像走了很長一段路，途中也常把目光轉向其它領域，如果只專注於一件事的話，說不定早就實現目標了，不過現在也為時不晚。對於每個人來說，凡事都有適當的時機，時候到了事情自會迎刃而解。

在學校有時會和年輕的同學們聊天，他們大多數的目標都是想成為演員。其中雖然有些人已經在話劇或音樂劇舞臺上演出，但多數同學還在念書，尚未出社會，也沒有正式的演出經驗。

大家想成為演員的動機或目的都不相同，但大部分都有一個共同點，就是在準備踏上這條路時，多少都遭受父母反對。如果能得到父母的支持該有多好，能夠在雙親的關懷和應援下上課學習，再好不過了。但從反對多於支持來看，這明顯是個不被看好的職業。有的同學還得先滿足父母提出的條件，得到認可後才能學習。

我也一樣，在說要進藝術學院進修時、要去

電臺工作時，父母都強烈反對。擁有更多人生歷練的大人們知道在這領域要取得成功很困難，但是，擁有夢想的我內心比任何人都迫切，父母也知道他們無法阻止我。即使在這條路上因其它因素不得不暫時放棄，懷抱夢想的人無論如何還是會等機會來臨繼續前進。

　　多年來看著在影視界和音樂劇領域中不斷成長的演員們，我感受到的是，會成功的人不是在於外表有多光鮮亮麗，而是從小地方就能知道。從那個人對生活的態度和行動中可以看出一切，真誠、誠實的人最終一定會發光。

　　如果問沉潛了一段時間、終於出人頭地的朋友成功的祕訣，他們一定會說，要相信自己，盡最大的努力，不要理會別人的否定，堅信自己可以做到。看到那樣的朋友，我切身感受努力能勝過天賦這個事實。

如果迫切希望，一定能做到，
但是你必須一直做、努力地做，
那麼最後一定會成功。

　　成功沒有任何捷徑，只需要有一顆迫切的心，付諸行動，跟隨內心做自己想做的事，不知不覺就能到達想要的位置。彼得・杜拉克在《杜拉克談高效能的五個習慣》中這樣寫道：

　　「不要因為無人注視就退縮。在被發現之前要一直等待。只要不退場，就一定會有人注意到我。」

　　我可以自豪地說，我實現了自己想要的一切。懷抱著夢想並延續那股力量，等待時機行動並實現。同時我相信，就算剛開始時一切都很微小，但假以時日必會壯大。懇切地期盼、相信自己、持續努力，奇蹟就會發生。就像希望與絕對無法與之交往的王子產生愛情，而變成人的美人魚一樣。

如果迫切希望，一定能做到。
但是你必須一直做、努力地做，
那麼最後一定會成功。

第三個故事

關於內心的真實性

《阿拉丁》

一對男女第一次見面，一見鍾情直接墜入愛河需要多長時間？科學家們說大概需要 8.2 秒。如果男人視線在 4 秒內轉向別處，就代表他對對方不感興趣。男性視線停留在女性身上的時間越長，好感和愛意就越大。那麼女人呢？英國權威媒體《每日電訊報》研究指出，無論是否被男性吸引，女性視線停留的時間都一樣。

在動畫《阿拉丁》中，阿拉丁對茉莉公主一見傾心，於是他隱瞞身分，自稱是阿拉伯王子。

漸漸地阿拉丁的生活充滿了謊言和虛張聲勢，因為他怕自己真實的樣子被揭穿，茉莉公主會不理他。

我們認為「應該沒關係」所撒的小謊言，膨脹變得一發不可收拾也只是瞬間的事。說了一個謊，就要用更多的謊言掩蓋，到最後就變得無法挽回。為了討好茉莉公主，阿拉丁從一開始就撒謊，越來越多的謊言讓他變得岌岌可危，看不下去的神燈精靈向阿拉丁提出忠告，

用謊言得到的越多，以真實收獲的就越少

透過謊言獲得的東西，終有一天會像泡沫一樣消失。被無數虛幻掩蓋的真相一旦挖開，堆疊的謊言就會崩塌，像用尖針扎氣球一樣，一個接一個爆掉。

人與人初次見面，或許可以透過外貌和流利的口才贏得人心、博得好感，但要維持良好關係還是要靠內在的真心和態度。長時間相處下來，內在顯露的會更多，還會表現在外貌上。

有一天朋友傳了一張照片給我，是某個財團貴婦參加兒子畢業典禮的新聞照。朋友說道，

「光看照片就能感受到她的氣勢，難道是財富帶來的力量嗎？」

這話並不單指貴婦的外貌，還有她散發出來的氣質。就像所謂的健康食品，外表看起來也會讓人覺得很「健康」。內在的東西必然會流露出來，讓我們不只看到一個人的表面，而是對方的整體面貌。這不僅僅是「漂亮」、「帥」而已，而是人們稱之為「魅力」的東西。

阿拉丁向神燈精靈許願，希望祂把自己塑造成一個王子，於是精靈讓阿拉丁看起來像個貴族。但是王子的品味和氣質該如何表現？談吐又如何？舉手投足的風範，這些阿拉丁並不知道。面對不知如何接近茉莉公主的阿拉丁，神燈精靈說道：

「我可以把你的外表變成王子，但我無法改變你的內在。」

　　歸根究底，外在變了，內心應該也要有所改變。不管外表再怎麼體面，若內心不提升，就一點用處也沒有。雖然看起來像個王子，內在仍是原本小混混的意識，遲早會露出馬腳。或許可以暫時假裝，但紙終究包不住火。人會在最急迫的瞬間現出真面目，相對地真誠也會表露出來，而這種誠心就是打動心靈的最佳武器。所以，我們需要以好的東西來填滿內心。

第四個故事

先愛自己

《美女與野獸》

　　發生意料之外的事時，通常我都會非常自責和後悔，但有個朋友跟我相反，她的個性很冷靜，不太會動搖。於是容易煩躁不安、常讓自己一直沉浸在壞情緒中無法平靜的我，忍不住問了這位總是看不出情緒，可以冷靜迅速思考解決方法並行動的友人。

　　「遇到這種情況妳都不會生氣嗎？不覺得很煩嗎？」

　　「生氣煩躁就沒有愛了。我不想失去愛，而

且事情都已經發生了，生氣有什麼用呢？」

　　朋友最重視、最珍惜的就是「愛」。她人生的目的就是為了得到愛，所以她無法忍受沒有愛情的狀態。不過她也是非常懂得愛自己的人，她並不會把自己全交由他人來判斷，不管別人怎麼說，她覺得本人就是世界上最漂亮最可愛的。我偶爾會想「妳真的這麼認為嗎？」可她是認真的。愛自己固然好，但過於重視自己就容易忽略別人，可是她這種人生觀給了我回顧的契機，讓我重新思考人生和愛情的意義。我想起了《美女與野獸》中的貝兒。

　　貝兒愛自己，也愛生活，既獨立又向上進取，也奮力守護自己所愛。另一方面，受到詛咒變醜陋的野獸，因為對外貌自卑，無法對任何人敞開心扉，認為自己不可能擁有愛情。面對這樣的野獸，貝兒給了他當頭棒喝。

如果你想愛一個人，就要先愛你自己！

　　對一般事物和他人沒有偏見的人，心理狀態

是很健康的,「貝兒」就是這樣。乍看野獸的外表,可能一開始會感到害怕,但貝兒懂得去感受外表之下的東西,她可以看見被醜陋野獸面貌覆蓋住的溫暖內心。貝兒為了救父親,被關在陰森森的城堡裡,卻也能和城堡中的魔法傢俱們成為朋友。這樣的貝兒,讓野獸打開一直緊閉的心門,兩人漸漸親近起來。

　　野獸其實是受詛咒的王子,唯有遇到真正的愛情,魔咒才會解開。他與貝兒相遇相愛,破除了詛咒,恢復原貌的王子和貝兒過著幸福快樂的生活。十足童話般的故事。

　　在這個大部分的人重視外表及財富,膚淺的時代,仍傳遞出真摯的愛。面對真正愛自己的人,原本計較的外貌也不成問題了。原本孤單平凡的人,在找到所愛之後轉眼就散發耀眼光采,這不是因為遇到了能互相給予良性影響力的真愛,因而產生的改變嗎?這樣的情感也會感染身邊的人。

愛情會讓卑微的東西變得珍貴。

愛不是用眼睛而是要用心感受，
所以畫中的愛神丘比特總是看不見的。

　　愛情比我們所想像的更能發揮力量，或許
世上的一切最終會被分為有愛或無愛。很久以
前，心理學家和社會學家就強調愛不是自然而然
產生，而是學習而來的。讓卑微變成珍貴的愛，
我們一生是不是都該嘗試一次呢？不要去比較，
而是用真心互相交流，人生才會得到無與倫比的
愛。

如果你想愛一個人，
就要先愛你自己。

第五個故事

我眼中的自己才是最重要的

《小美人魚》

電視劇《青春時代》中描寫了五個一起合租的女大學生生活。五位女孩個性都不一樣，整部劇看起來還不錯。其中有一段讓人印象深刻。五人當中有一人比較優柔寡斷，總是受男友擺布。有一天，她遭到男友的暴力對待，導致她必須接受心理治療，但她治療時總是說著室友們的故事，一邊嚷著「怎麼可以那樣呢？」終於有一次，醫生聽她說完後回應道：

「不要再談朋友了，現在說說妳自己的事好

嗎？」

　　看到這一幕我有股莫名其妙的激動，「那正是我想說的話！」

　　我身邊也有那樣的友人，從不談論自己，總是說著其他朋友發生的事。應該專注於個人的生活，她卻經常把時間用來觀察他人，自己的人生舞臺上站的永遠不是本人。一般人在聊天時雖然也會提到別人，但大部分還是會談論與自己有關的事或表達自己看法，但她卻總是「○○說～」，好像只會傳達別人的意見。

　　別人湖裡的水草看起來總是比較綠。

　　把《小美人魚》裡的這段話告訴朋友，她極力否認說她絕不是羨慕其他人的人生才如此，如果是自己的話，絕對不會和那樣的男人談戀愛，更不會結婚，她說她不想過得那麼辛苦，所以選擇只與最愛的寵物狗一起生活，專注於賺錢，她認為只有這兩樣東西永遠不會背叛自己。

　　有些人想透過別人的艱苦來安慰自己。說實話，比起成功，談論朋友的辛苦相形之下會好過一點，覺得自身情況比上不足比下有餘。或許這樣可以獲得一時的安慰，但客觀想一想，這對自己的人生沒有任何好處。看到別人遭遇挫折而暗自慶幸，那只是短暫的幸福，很快就會消失。

　　我的另一位朋友，她絕對不讓人看到自己邋遢的樣子，即使去附近超市買東西也一定會化好妝再出門。有人可能和我有一樣想法，覺得那樣的生活等於是讓自己一直活在別人的視線裡。那位朋友討厭疏於自我管理的人，她說不只是單純看外貌，而是覺得外表可以體現出一個人平時的習慣和想法。雖然這句話不無道理，但我認為，如果不是為了滿足自己，而是出於在意他人對自己的評判，那樣未免也太辛苦了。

　　不知不覺我也像《青春時代》裡的女孩一樣談論起朋友來了。在此我想對她們說：

「重要的不是別人怎麼想，而是自己怎麼想。」

　　生活應該從多面向的角度來看，但是不管怎麼看，中心始終都是「我」，而不是「別人」。這並不是說要自我中心、或做個自私自利的人，我想強調的是，在考量別人的同時，不要因他人的目光拋棄自我。不管其他人怎麼評價，最重要的是我眼中的自己。今天要和這樣的我再親近一些。

唯一相信我的人

《獅子王》

「小時候經歷重大困難的人，長大後引發問題的可能性比較大嗎？」

看新聞的時候產生了這樣的疑問，我想應該有很多人會回答「對！」吧。不過想解開這個問題，需要先看一下心理學家艾美・維納的研究，她曾做過一個實驗，想證明小時候經歷與長大後的行為有沒有具體因果關係。

1995 年在考艾島出生孩子幾乎都生處在不幸

的環境中，她針對其中 201 名出生於考艾島，在
惡劣環境中生長的孩子進行長時間的追蹤。

　　那些實驗對象的共通點就是他們都出生在極
度貧困的家庭、父母分居或離婚，媽媽或爸爸
患有酒精中毒或精神疾病。從他們的成長歷程
來看，多少有不適應學校生活、存在學習障礙、
在家裡或學校常發生衝突等狀況。到他們十八歲
時，有一部分的孩子曾因暴力事件進入少年輔育
院，有些人更累積不少前科，還有人罹患精神疾
病或成了未婚媽媽。看到這裡或許有不少人會覺
得不意外吧。

　　但研究也出現反轉。201 位孩子中有 72 人並
沒有出現任何偏差，而且他們長大後表現非常出
色。我們不得不好奇那 72 個孩子成長過程中沒
有走偏的原因是什麼。深入觀察，可以發現那些
孩子身邊至少都有一名大人在給予支持，充分理
解並接納孩子。這證明了無論是家人、親戚，甚
至是沒有血緣關係的人，若能在孩子們成長的過
程中給予最重要的支持和關愛，他們就能好好成
長。

看看自己，
你已經不僅僅是現在看到的樣子了。

正如《獅子王》中父親穆法薩對兒子辛巴所說的話。世界上只要有一個人相信孩子，孩子就能展翅高飛，成為比想像中更偉大的存在。因為那份信任，讓人在愛中滋養成長。得到愛的孩子能培養自信，學會與他人正確溝通的方法，自我尊重，在社會中確立人格。

但是，在孩子尚未懂得權衡的標準，容易做出危險行為之階段，大人應該予以糾正，因為孩子的經驗不多，判斷力還不夠成熟，難免會發生大大小小意外，需要旁人引導，讓孩子從中學習。

有權力的地方必定有人貪圖權勢，為了獲得權力不惜一切手段。叢林之王穆法薩的弟弟斯卡，騙辛巴遠方有個「大象墓地」，是只有勇敢的人才能去的地方，實際上那裡是鬣狗的巢穴。面對年紀還小、分不清真實的辛巴，穆法薩擔心地說：

「我只在必要的時候勇敢，
而勇敢不代表到處闖禍。」

　　對於辛巴來説，父親是絕對的存在，全心全意愛著自己、接受自己、鞭策做錯事的自己，無可取代。辛巴認為父親是因為自己才去世的，於是深感自責離開叢林，幸好途中遇到好朋友，最終回復原來的模樣。

　　辛巴繞行萬里路，沒有迷失自我，最後發揮實力證明自己，其中最大的支持力量來自於童年時受到的理解和關愛。我們身邊都會有像穆法薩那樣的人，將來也可能成為某人的穆法薩。

看看自己，
你已經不僅僅是現在看到的樣子了。

親眼目睹和觸摸世界的力量

《阿拉丁》

　　少女回想起小時候，打開窗戶看到的不是山就是田野，她討厭生活狹隘、被迫劃分身分階級的社會，於是總望著窗外，夢想走向更廣闊的地方。軍眷的世界是按照軍人肩膀上的徽章確立階層，如此緊密接觸的人們，過度關注彼此一舉一動的環境不適合女孩，她一直在做夢，環遊世界也是其中一個。而在某個瞬間，她發現小時候的夢想已然成真。

　　那個女孩就是我。從小看了很多書，就希望

可以去體驗書中描寫的世界。其中一個願望便是
去世界各地旅行，因為我相信實際看到的一定跟
書上寫的有落差。二十初半，懷抱夢想踏上了第
一次的背包客之旅。回首過往，我自認做得最好
的事就是去旅行，因為旅行拓寬了我的視野，想
法變得更寬廣，對世上所有事物都能以更宏觀的
角度理解，對人也是。

比起追求安穩，我更渴望自由。我實現了以
前想要的生活方式，雖然不是別人口中平凡的生
活，但是是我定義的屬於自己的幸福。不過，獲
得自由的同時，許多責任也伴隨而來。為了擺脫
束縛，必須面對恐懼，還要學習克服它的方法，
那方法只有透過經驗才能學會，要感受到的不是
表面的安穩，而是內心的安全感。

我喜歡那些啟程去某個地方、爭取渴望事物
這類充滿挑戰的故事，因為會讓我產生共鳴。我
喜歡音樂劇，其中最喜歡的就是迪士尼系列，尤
其是《阿拉丁》裡演唱《A Whole New World》
這首歌前的那一幕。

阿拉丁向茉莉公主提議一起坐上魔毯，來一場愉快的冒險，去欣賞更廣闊美好的世界。茉莉公主因為身分特殊，無法自由走出城外，只能從書本或地圖去了解外面的世界，也未曾嘗試過這種冒險，於是無法輕易鼓起勇氣。為了鼓勵公主，阿拉丁這麼說了。

「妳該好好看看除了書本及地圖以外，
那些沒見過的世界。」

他們擁有比任何人都興奮刺激的經歷。阿拉丁帶著勇氣跨出一步，留下了一生都值得銘記的回憶。我也是因為一個念頭，擺脫煩躁與害怕付諸行動，結果獲得了許多美好瞬間，那些時刻後來在生活中成為巨大的力量。

書本上看到的和親身接觸過有很大差異。雖然透過文字加上想像，在腦海中整理過後就可以大略知道，但是在直接經歷和接觸的過程中還會學到很多東西。書上寫的並不是全部，唯有走出去經歷過的人才會變得謙遜、不自滿，並接受不同。不過也不是每個人都一定得走出去親身體

驗，對某些人來說，透過文字接觸世界或許更合適，還是要根據個人不同的取向而定。

　　總之，要知道自己想要什麼、適合什麼。就像買衣服一樣，不能光用眼睛看，最好親自試一試。如果覺得別人看起來比我好，或對自己的生活不滿意，這都是因為還沒找到合身的衣服。既然如此，我們應該投入更多時間去親眼看看、體驗一番，這樣才能更了解自身，找到只屬於自己、值得賭上人生的事。

第八個故事

只要活得年輕，什麼年紀都不嫌老。

《白雪公主》

　　說起「模特」，大家會想到什麼呢？大部分人想到的應該都差不多吧，瘦削的年輕人一身個性造型、帥氣地走著台步。不過最近興起上了年紀的長輩模特兒風潮。隨著年齡增長，越來越多長輩在能力所及的範圍內持續挑戰，他們的活躍激發了許多人，更成為其他人的希望。高齡模特打破了原本時尚界的枷鎖，成為一種趨勢。

　　每年長一歲，我也在不知不覺間把「年紀大了」這句話掛在嘴邊。懷念又羨慕二十多歲時的

體力和熱情，對現狀不滿意，同時也漸漸失去挑戰的動力，替自己設限。但是看著把年齡丟在一旁，在各方面屢創成功的高齡長輩們，讓我又改變了想法。

這應該是擁有年輕心境，勇於嘗試挑戰的人想說的話吧。比起年齡增長，更可怕的是心態老去。有人年紀不小，仍充滿活力做自己想做的事；有人雖然年輕，但內心一點生氣也沒有，茫然度過每一天；還有心境不老的人，與年輕人打成一片，享受快樂的生活。

韓國知名的爺爺級模特兒金七斗和Youtuber老奶奶朴末禮就是代表人物。他們果敢地打破世間對老人的刻版印象，與年輕人溝通無障礙，並身體力行做自己想做的事，發揮影響力，走出韓國在全世界活躍。以高齡時裝模特身份出道，成為廣告寵兒的金七斗這麼說過。

「人剛開始做某件事的時候都會感到害怕，

但我活到現在不曾有過那種感受，即使我事業失敗也不戀棧，而是轉個方向找尋其它出路，腦子裡想的是接下來做什麼好。每個人都會恐懼，但我希望自己不要在這方面感到恐懼，想做什麼就盡情去做。」

有多少人能毫無罣礙地做自己想做的事情？常看到有人抱怨自己的體力和年齡不如從前，以致於無力迎接挑戰，但那些目標明確的人，會知道自己沒有時間也沒有餘地找藉口，默默往前走。他們的生活沒有失敗，只有經驗存在。重點在於心態，如果繼續以這樣的姿態前進，最終實現目標的日子就會到來。

那些超越年齡限制而活著的人也曾認為自己不懂事，但是究竟「符合那個年紀該做的」事情是什麼呢？那可能就是我們自己所製造的偏見。不知不覺中，我們制定了看不見的規範，讓自己無法忍受違背紀律的人生。但現在我們必須擺脫一切會讓我們感覺不安的事。

有句話說：「當你害怕變老時，你就是個老人了。」那麼與恐懼戰鬥，贏了就是不變老最好

的方法嗎？如果沒有恐懼，敢於挑戰自己想做的事情，你會比誰都年輕。所以，不要害怕年齡數字的增長，重要的是讓自己的心態和想法不老去。最後我想大聲吶喊：

只要活得年輕，
什麼年紀都不嫌老。

第九個故事

因為最好的正在來的路上

《小美人魚》

環顧四周,有早早結婚成家的朋友,也有喜歡單身生活的朋友。現在還未婚的友人說著「一定要結婚嗎?現在這樣不是很好嗎?」但幾年前,她也心心念念著結婚,忙著尋找對象,參加各種聯誼聚會,祈禱戀情早日出現,現在卻把熱情都投注在自己喜歡的事情上。時代似乎正在改變啊。

已經步入婚姻的朋友們談起另一半,都說到了差不多該結婚的時候,發現那個人的存在,就

自然而然地結婚了。並非刻意去追逐的關係，而是水到渠成。這不就是緣分嗎？

　　從小個性有點彆扭的我，其實比任何人都渴望平凡的人生，不過有時還是會充滿好奇，全心投入新事物。和異性交往也是如此。心想反正結婚之後就要一輩子和一個男人生活，對當時二十多歲的我來說有點不甘心，心想該趁年輕多認識一些異性。所以在首爾唸書的我，二十出頭時的計劃是認識首爾所有大學的男生，二十五歲後要嘗試異國戀，還曾想過要和不同國家的男人交往。當時戀愛都來得快去得更快，雖然讓我有了很多經歷，但我總認為下一個一定會更好。

　　這並不代表我在當時沒有全力以赴。我總是會喜歡上接近我的人，且我總是以結婚為前提與對方交往，可最後還是無疾而終。想到那些無緣的人，我總會這樣安慰自己：

　　「如果和那個人結婚的話，應該會有很多問題、會不幸福吧。」

　　因為沒有實現，所以才這麼說。

　　仔細想想，為什麼都找那種不健康、所謂的壞男人談戀愛呢？對某些人來說，或許我也是個壞女人吧。不管彼此的心意是否一致，剛開始總會在心裡思量著，加上努力和誠意，實現坦誠、真摯的關係。但若是到最後心意不合，就會說是對方的問題來結束一切。

　　二十出頭時無論如何都想要談戀愛；二十五歲歷經感情的煎熬，結束全心投入愛情的生活，為了不再受傷，對交往對象只表現最基本的心意，而且比起與異性交往，我更努力地尋找、謀劃自己想做的事。

　　有位朋友一直不理解我在二十代時對感情的態度，到三十五歲左右才開始真正戀愛的她，單純到沒發覺另有目的接近她的男人，結果在心中留下傷痕。她和我一樣，在交往時都認為對方會成為我的最後一任，竭盡全力去愛，但事實都是所愛非人，那些男人其實另有所圖。

　　陷入愛情的時候很掙扎，隨著時間流逝，問題會一一浮現，那種時候應該更客觀一點看待。

然後某一天想起過去沒有緣分的男人時，才可以
說出這種話：

「還好當時沒有和他在一起。」
「是啊，如果真的和他結婚怎麼辦？ 想想都
覺得可怕。」

　　大人們總說眼光不要太高，就可以結婚。但
是能不能遇到好緣分不只是眼光高低的問題。其
實我們心裡比任何人都迫切，盡全力尋找，但就
是沒有遇到合適的對象。那個時期誰都一樣，只
想相信《小美人魚》中的臺詞。

命中註定的那個人
會以最快的步伐，朝著妳走來

　　可以共度一輩子的命運，對某些人可能來得
早，對某些人則是遲遲才出現。來得容易的去得
也快，即使晚一點才相遇，也說不定能共度幸福
下半生。別太擔心，先好好享受現在的生活，相
信命中註定的那個人正在朝你走來。

好的領袖領導世界

《獅子王》

　　電視劇《梨泰院 class》主要描述克服各種困難，一步步實現自己事業的主角朴世路奮鬥的故事。一位經營著小小的酒館，慢慢擴大餐飲事業的主角，抱著「生意是人做出來」的信念，對每一位職員都十分珍惜，與用不當手段經營的大企業形成強烈對比。當然，因為是電視劇，內容都是設定好的，我還是從中得到很多啟示。雖然對生活、對人的想法沒什麼靈活性，但是擁有信念、珍視他人的態度，讓支持和提供幫助的人自然聚集在他身邊，即使面臨危機，也會一起克服。

　　比起聽別人的故事，我把大部分的時間放在自己想做的事情上，對外界的事不感興趣。但結了婚的朋友們不一樣，他們對現實中的各種事情非常敏銳，大部分人在婚前──更準確地說是生孩子前──並不關心政治，但後來也開始關注，因為政策會影響生活，讓人越來越敏感。

　　從這方面可以思考一下，何謂真正的領導力？領導者該具備哪些資質？從小我就很少擔任隊長，或做在大眾面前鼓舞大家的事。對我來說，默默在背後盡力的角色更適合我。學生時代，我多次拒絕能夠當上領導者的機會，但長大後很常會非我所願地擔任這個領頭的角色，於是我開始觀察到以前沒發現的東西。不管是規模較小的組織還是大型企業的管理者，都可以思考一下《獅子王》中穆法薩對兒子辛巴說的話。

　　「你所看到的一切都處於微妙的平衡，身為國王，你必須瞭解那種平衡，尊重所有生命，從螞蟻到羚羊，一視同仁。」

　　在我所工作的場域中，有一些我很尊敬的主管。他們的相同之處是很照顧一起工作的所有成員，同時他們的眼界非常寬廣，願意努力理解和接納不同的意見。當然不是所有意見都照單全收，必要時他們也會發揮決斷力，去蕪存菁。從他們身上我學到很多。

　　這是一個人無法獨自生活的世界。站在領導崗位上的人要考慮組織內的成員，而成員要相信領導者，聽從指示。這些聽起來很基本，卻也是最難遵守的。世界上存在各種人，不同取向的人在一起會產生矛盾，但也能互相關照，彼此信任一起合作。為了建立所有人都能共存的幸福世界，凡事都要講求均衡，希望不要有任何人被排除在外。

我看動畫又如何？　那些動畫教會我的事／
趙軒株　著；馮燕珠　譯
-- 初版. -- 臺北市：笛藤，2021.11
　　面；　公分
譯自：혼자 만화영화 좀 보는 게 어때서?
ISBN 978-957-710-833-3

862.6　　　　　　　　110017031

作　　　者	趙軒株
翻　　　譯	馮燕珠
編　　　輯	江品萱
美 術 設 計	王舒玗
總 編 輯	賴巧凌
編 輯 企 劃	笛藤出版
發 行 所	八方出版股份有限公司
發 行 人	林建仲
地　　　址	台北市中山區長安東路二段171號3樓3室
電　　　話	(02) 2777-3682
傳　　　真	(02) 2777-3672
總 經 銷	聯合發行股份有限公司
地　　　址	新北市新店區寶橋路235巷6弄6號2樓
電　　　話	(02) 2917-8022・(02) 2917-8042
製 版 廠	造極彩色印刷製版股份有限公司
地　　　址	新北市中和區中山路二段380巷7號1樓
電　　　話	(02) 2240-0333・(02) 2248-3904
印 刷 廠	皇甫彩藝印刷股份有限公司
地　　　址	新北市中和區中正路988巷10號
電　　　話	(02) 3234-5871
郵 撥 帳 戶	八方出版股份有限公司
郵 撥 帳 號	19809050

定價380元
2021年12月27日　初版第一刷

혼자 만화영화 좀 보는 게 어때서?
我看動畫又如何？
那些動畫
教會我的事